CW00393121

La petite balle alvéolée

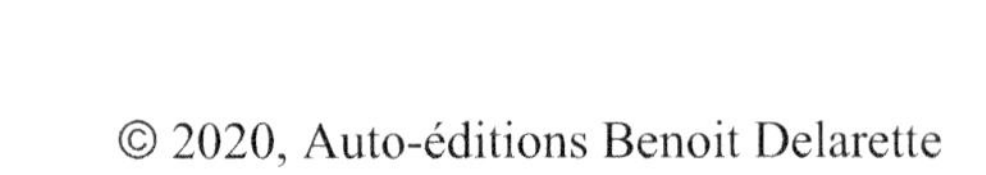

BENOIT DELARETTE

La petite balle alvéolée

ROMAN

2020

1

RABAT Maroc, le 19 Octobre 2021.

Un projectile blanc disparut vers l'horizon à une vitesse vertigineuse. Sa trajectoire rectiligne ratifiait la parfaite réussite du lancement. La sonorité produite à l'impact entre le driver et la balle multi alvéolée s'apparentait à une déflagration de chevrotine. La violence du choc avait éjecté le tee de son emplacement comme une douille bouillante. Le joueur arborait une mine radieuse, le club enroulé autour du cou, la tête haute et fière scrutant le ciel azur, attendant l'atterrissage du précieux missile sur le large fairway fraichement tondu. Une légère brise caressante, rafraichissait délicatement l'épiderme irradié par l'intensité du soleil marocain. Les palmiers disséminés astucieusement avec parcimonie n'offraient que peu d'ombre. Ils ornaient le parcours et signaient son identité. La terre ocre presque rougissante se mariait parfaitement au gazon chlorophylle, travaillé par des centaines de petites mains à l'aube comme au crépuscule.

David félicita le joueur pour sa mise en jeu comme à l'accoutumée. A son tour, il planta un tee sur l'air de départ, le laissant dépassé du sol d'environ cinq centimètres puis posa sa balle dessus avec minutie. Mécaniquement, il s'éloigna de cette dernière et alla se positionner derrière à une huitaine de mètres. David observait sa balle ainsi que l'étendard planté au milieu d'un green situé environ quatre-cent mètre devant. Il visualisait la voie à suivre. Il swingua dans le vide, en coup d'essai, les yeux toujours rivés vers l'objectif comme s'il attendait qu'on l'invite à danser. Le rituel dura plusieurs dizaines de seconde, le club se balançant d'avant en arrière et d'arrière en avant, sans discontinuer, avec une fluidité déconcertante.
D'un coup, les sourcils se fronçaient, le regard s'emplit de certitude et d'un pas sûr et rapide, David s'installa face à la balle. Il plaça en premier la tête du club, aligna ses pieds et ses épaules vers l'objectif, cambra son fessier, leva légèrement le menton et à l'instar d'un tireur d'élite emplit ses poumons d'air. En apnée, il déclencha alors son down swing. Ses pieds s'ancraient parfaitement au sol. Les épaules pivotèrent presque à quatre-vingt-dix degrés alors que les hanches restèrent quasiment d'aplomb. Le bras droit resta tendu sans aucune cassure. Le bras gauche, lui, se plia en angle droit, coude orienté vers le sol. D'un coup, le club redescendit à une vitesse exorbitante, idéalement propulsé par l'efficace mélange de la torsion du buste, de la vitesse des bras et de l'impulsion du quadriceps gauche.

La petite boule prit son envol comme une fusée décollerait de cap Canaveral, dans une fureur similaire. Un cri de stupeur s'échappa de la cage thoracique d'un suiveur médusé. Ses partenaires de jeu le félicitèrent également et David, les remercia pour l'encouragement, avec humilité en ajoutant un petit hochement de tête approbateur.

David et Mustapha avait créé une académie de Golf en s'associant, dix ans auparavant, après avoir été, chacun, enseignant individuel dans des golfs marocains. Chaque semaine, des groupes venant de toute l'Europe les rejoignaient. David avait mis au point une méthode d'enseignement révolutionnaire qui garantissait au stagiaire une progression fulgurante. Avec le temps, le bouche à oreille avait fonctionné et les résultats faisant, la petite académie prospérait malgré une année précédente compliquée due à la pandémie mondiale. L'enseignement de base se déroulait sur le prestigieux golf royal de Dar es Salam à Rabat où résidaient les deux amis associés. Quelquefois, la structure était mandatés par de riches industriels, pour accompagner des cadres productifs, récompensés par une escapade golfique. Cela nécessitait un peu plus de logistique et d'organisation. Alors ils prospectaient, s'amélioraient en découvrant les trésors cachés du royaume, parfois derrière une porte banale d'une petite rue sombre et poussiéreuse, d'autres fois en pleine lumière.
David affectionnait particulièrement ses moments où il chassait le birdie en compagnie de joueurs de bon niveau. De Casablanca à Agadir, avec un passage obligé sur les multiples golfs Marrakchis, c'était l'essence même du projet initial. La diversification !

Le début d'année s'était avéré compliqué. Le tourisme était en berne, les restrictions sanitaires, les protocoles drastiques avaient freinés la croissance. Puis, sans explication le virus avait disparu, emporté comme par magie par notre protectrice, dame nature alors même que naissait des vaccins de laboratoires opportuns.

Alors qu'il déambulait sur le fairway, David sentit vibrer son téléphone dans la poche droite de son tartan écossais rouge et vert. Machinalement, il l'examina et la mine dubitative, le laissa sonner. Le numéro affiché indiquait un appel venant de France. Il est de coutume d'éteindre son téléphone lorsqu'on joue au golf mais les affaires étant les affaires, David le maintenait en position vibratoire. Les vibrations finirent par s'estomper et David replaça le Smartphone dans son pantalon exotique. Quelques secondes plus tard, celui-ci se remit à danser et David décrocha discrètement.

- « David Béranger, à qui ai-je l'honneur ? » dit-il naturellement.
- « Bonjour David, c'est Karine. » entendit-il.

Instantanément, il reconnut le timbre de voix légèrement éraillé de son ex-épouse. Une stupeur et un effroi l'envahit. Leur divorce n'avait été prononcé qu'après seulement deux années de mariage et ils ne s'étaient plus adressé la parole depuis plus de vingt ans, date à laquelle David s'était expatrié.

- « Euh oui, Karine… » répondit David, glacialement.

- « J'ai un gros problème ! » lui dit-elle lui coupant la parole
- « J'imagine » répondit David d'un ton sarcastique.

Quelques secondes de silence absolu s'en suivirent. Ces secondes paraissaient des minutes. David manifestait des signes d'oppression. Les golfeurs et suiveurs avaient les yeux symétriquement braqués sur lui. Sacrilège que téléphoner sur un parcours de Golf devaient-ils se dire.

- « Ton fils a de sérieux problèmes ! Je n'y arrive plus » lança Karine sans ménagement.

Les yeux de David s'écarquillèrent exagérément.
Avait-il bien entendu ?

- « Fils ?» dit-il simplement.
- « Oui, j'étais enceinte de trois mois quand on a divorcé et je n'ai pas pu te le dire. J'avais trop peur que tu me demande d'avorter… »
- « Mais tu es complètement irresponsable ! » hurla David sous les yeux ébahis de sa cohorte.
- « Et comment as-tu eu ce numéro ? » enchérit-il, colérique.

Le ciel venait de lui tomber littéralement sur la tête. Cette nouvelle de but en blanc semblait irrationnelle. David la main gauche sur la bouche et le bras droit ballant avec en bout de doigts le téléphone, oiseau de mauvais augure, semblait déconnecté du monde. Ses yeux fixaient le sol mais on pouvait sentir que son esprit avait disparu de son corps, perdu dans un vide astral le surplombant.

- « David, David, s'il te plait ! » entendit-on faiblement dans le creux de sa main.

A ces mots, il reprit ses esprits, retourna sa main, paume vers ses orbites encore forte écartés, hésita un instant avant de porter à son oreille l'objet puis,

- « Oui, je suis là » dit-il d'une voix plus mesurée.
- « Il faudrait qu'on se voit si tu peux parce que Jeremy va mal. Il est à l'hôpital et j'avoue que je ne sais plus quoi faire ! » dit Karine en pleurnichant.
- « Mais qu'est-ce que je peux faire, moi ? Je ne le connais même pas, je ne savais même pas ! Jeremy ? »

Puis sans même réfléchir.

- « Ok. Il faut que je m'organise, je te rappelle. Sur le numéro qui s'est affiché ? » questionna-t-il.
- « Oui merci, merci » répondit Karine.
- « Ne me remercie pas. Je ne sais pas encore comment je vais faire ! A tout à l'heure » avant de raccrocher.

David releva les yeux et adressa un hochement de tête à l'assemblée comme pour indiquer que tout allait bien. La partie reprit.

Qu'elle allait être longue semblait-t-il se dire, résigné à patienter, en sortant de son sac trépied, un fer sept.

2

Paris XII, la veille.

Une clé s'immisça dans la serrure d'une porte en bois massive. Le tintement spécifique de sa rotation occasionna l'ouverture de l'issue. Amandine pénétrait dans son studio situé au premier étage d'une résidence sise rue Daumesnil, Paris douzième. Les bras chargés de provision, elle entrevit Jeremy vautré sur leur canapé convertible placé au centre de la pièce principale. Concentré sur l'écran de télévision face à lui, il combattait à l'aide de sa manette, des monstres imaginaires. Il s'agaçait frénétiquement sur son joystick et n'avait pas entendu la porte s'ouvrir. Des cadavres de bouteilles de bières souillaient la moquette juste devant ses pieds. Le volume sonore du téléviseur semblait être au maximum de son intensité. Amandine plissa les yeux comme dérangée par la résonnance exagérée. Elle déposa les sacs à terre et ferma la battante. Jeremy ne l'avait toujours pas aperçu. Elle le regardait stupéfaite.

- « Eh oh, je suis là ! » hurla-t-elle.

Jeremy sursauta. Il enclencha l'option pause. Le vacarme s'estompait, ce qui procura un apaisement auditif instantané à la jeune femme.

- « Tu n'es pas au boulot à cette heure ? » lui demanda-t-elle.

Jeremy s'affala sur le divan et baissa la tête sans répliquer.

- « Je t'ai posé une question Jeremy. Pourquoi tu n'es pas au boulot ? » interrogea-t-elle avec véhémence.
- « J'ai arrêté ! » répondit-il, énervé par l'inquisitrice.
- « Comment ? mais on en a parlé assez comme ça. On ne peut pas vivre uniquement sur ma bourse d'étude et mon mi-temps chez mac do ! » lui dit-elle, agacée.
- « Je sais, excuse-moi mais c'est trop dur ce job. Le chef de chantier me fait toujours faire des trucs qui sont durs. J'ai mal partout. Ce n'est pas fait pour moi les travaux publics ! » se défendit-il.
- « Il y a toujours quelque chose qui ne va pas. La peinture, c'était salissant. La sécurité, ça ne payait pas. Le supermarché, ça te faisait lever trop tôt. Mais merde, si tu voulais un bon job fallait faire des études ! » cria-t-elle.

Jeremy se redressa et déchira le haut du pack de bières cartonné placé à ses pieds duquel il sortit une canette qu'il dégoupilla illico. Il a porta à sa bouche et en avala une bonne rasade.

- « Tu n'as rien à dire, tu picoles ! » dit Amandine l'air navrée.
- « Mais va te faire foutre. Tu n'es pas ma mère ! » hurla Jeremy irrité par les remarques.

Amandine en restait bouche bée. Elle agrippa les paquets jonchés sur la moquette et se dirigea vers la minuscule kitchenette attenante à la pièce principale. Elle rangeait les provisions en marmonnant. Jeremy reprit sa manette et fixa l'écran. Après quelques secondes, irrité par la situation, il la jeta sur le mur violemment. Cette dernière ne résista pas au choc et se brisa en plusieurs morceaux. Il se releva, attrapa sa veste et sortit de l'appartement en claquant la porte brutalement. Il dévala les escaliers et emprunta le corridor du rez de chaussée vers la porte cochère principale.

Amandine, jeune femme de vingt ans, originaire de Dijon avait rejoint la capitale pour suivre ses études. Son entrée à HEC, lui promettait un avenir des plus encourageant. Ses parents avaient consenti beaucoup d'efforts financiers pour promouvoir ses ambitions et elle se sentait redevable. Jolie rouquine à l'allure sportive, elle était tombée amoureuse de Jeremy. Très vite, elle délaissait sa chambre universitaire pour un studio de vingt-

quatre mètres carrés qu'elle ne put louer qu'avec une caution parentale.
Jeremy avait abandonné ses études dans le premier tiers de sa première année de droit. Sa mère et son beau-père en furent affectés. Il argumentait par un besoin irrépressible de se confronter au monde du travail. Du haut de son mètre quatre-vingt-dix, les cheveux châtains courts et des yeux bleus limpides, il plaisait. Jeremy était atteint d'un mal être chronique. Aucune passion ne l'animait, aucun sport ne l'intéressait. Il était entré en filière droit par défaut. Sans ambition, ni envie, il jaugea indispensable de suivre une autre voie. Alors il se lançait dans le monde du travail en début d'année deux mille vingt. Malheureusement pour lui, on ne lui confiait que des emplois de manutentionnaire par le biais d'agences intérimaires, mal rémunérés et entrecoupé par un premier confinement dévastateur.

Lorsqu'il rencontra Amandine à la fin de l'été, la vie avait repris son plein droit. Les deux jeunes adultes s'entichèrent lors d'une soirée organisée chez un ami d'enfance.
Contre avis maternelle, Jeremy quitta la maison familiale pour emménager avec sa dulcinée après seulement quelques semaines de fréquentation. Le couple amoureux se lançait ainsi dans la vie au milieu du re confinement. Malheureusement, l'immaturité associée à l'instabilité chronique manifesté par Jeremy ébréchaient rapidement la confiance qui lui avait été crédité. A plusieurs reprises, durant ses quelques mois, elle avait menacé de rompre devant le manque évident de respect qu'il révélait. Après de longues disputes, ils se rabibochaient en se promettant de s'améliorer mutuellement. Le naturel

chassait les bonnes résolutions et comme un cycle infernal, les polémiques revenaient avec une fréquence de plus en plus proche.

Sur le tarmac, Jeremy se hâta vers le premier troquet situé à une centaine de mètres. Il y pénétrait, commanda et englouti un whisky d'un trait avant d'enchainer par plusieurs bières. Rapidement, il se mit à dialoguer, seul ! Ses propos devinrent incohérents presque inaudible à mesure que la soirée avançait. Pendant ce temps, Amandine, à l'appartement, conversait au téléphone avec sa génitrice. La rupture semblait inévitable et était le meilleur choix de l'avis de tous. Amandine s'y résolue. Elle transvasa le contenu de l'armoire de Jeremy dans une valise et dans plusieurs sacs dévolus initialement au ravitaillement. Elle les déposa sur le pas de la porte et y adjoignait une lettre de rupture dans une enveloppe qu'elle scotchait sur la valise. Elle savait qu'il rentrerait tôt ou tard, ivre certainement. Aussi, elle tira la chainette après avoir fermée la serrure et le verrou de la porte d'entrée.
Aux alentours de vingt-trois heures, Jeremy fut contraint de quitter le débit de boisson. Le gérant refusait de le servir après qu'il se soit affalé par deux fois devant le comptoir. Totalement saoul, le jeune homme tenta de retrouver le chemin de son domicile. Il déambulait sur le bitume en ondulant comme un serpent. Il baragouinait en titubant. Pas un mot n'était déchiffrable ! La nuit rendait sa progression un peu plus difficile. Emporté par son élan, Jeremy fit une embardée vers la route. Une automobilel'effleura ce qui entraina sa chute au milieu de la chaussée comme un arbre qu'on vient de

tronçonner. Le véhicule coupable poursuivit sans même s'arrêter.
Un passant vint lui porter secours et l'aida à reprendre place sur le trottoir. Jeremy ne s'était rendu compte de rien et continuait à balbutier. Puis il reconnut la grande porte cochère et parvint à l'ouvrir après bien des essais. Arrivé sur le pas de la porte de l'appartement, il aperçut les colis. Avec rage, il frappa sur la lourde à plusieurs reprises. La lumière du couloir s'éteignit et Jeremy trébucha de nouveau. Il parlait un jargon énigmatique. Il se redressa et asséna de violents coups contre la porte massive qui ne broncha pas. Sur le pallier, la porte d'en face s'ouvrit et la voisine pointait le bout de son nez.

- « Monsieur, il y a des gens qui dorment. Arrêtez ce vacarme s'il vous plait ! » demanda-t-elle.
- « L'a qu'à ouvrir l'autre ! » vociférait-il face à la porte d'entrée.
- « Ecoutez soit vous arrêtez soit j'appelle la police »
- « Va t'faire enculez la vieille ! Je m'en fous de la police, putain de merde ! » déblatérait-il dans un équilibre toujours incertain.

Amandine entrouvrit la porte, barricadée par la chainette.

- « Jeremy arrête. Ne rend pas les choses plus difficiles » dit-elle.
- « Mais je t'aime moi » répondit-il naïvement alcoolisé.
- « Si tu m'aimes, alors part » enchérit-elle.

- « Ok mais tu gardes mes valises » annonça-t-il solennellement.

La porte se referma et Jeremy redescendit. Il s'appuyait contre le mur pour ne pas s'effondrer et s'aida de la rampe dans la descente. Dehors, la température avait chuté. Jeremy semblait avoir perdu toute raison. En vagabondant sur le trottoir, il remarqua une épicerie de nuit ouverte. Il y entra et en ressortit avec un pack de bières. Le poids du paquet lui fit perdre un équilibre très précaire et il manqua de s'effondrer à plusieurs reprises quelques mètres plus loin. Finalement, il s'installa sur un banc dans la rue, à quelques encablures de là et englouti ce qu'il put.

Vers cinq heures du matin, un camion poubelle de la mairie de Paris s'arrêta à proximité du banc où était affalé Jeremy. De multiples bouteilles en verre ornaient l'asphalte à proximité. De la vomissure paradait sur le sol face à son visage en suspens. Le pantalon de Jeremy était maculé d'urine et son bras gauche, ballant, frôlait le goudron. Un éboueur le découvrit. Il appela son collègue qui souriait en observant la scène.

- « Ce qu'il s'est mis ! » lâcha-t-il en agitant sa main droite.

Les deux hommes, aux uniformes verts et jaunes, tentèrent de le réveiller, en vain. Alertés par des pupilles à demi révulsées, ils avertirent le Samu qui arriva tambour battant. Jeremy, toujours inconscient, se trouvait en situation d'hypothermie. Sirène hurlante, le véhicule salutaire fonçait dans les rues

étroites de la capitale et arriva à l'hôpital Saint-Antoine.
Jeremy fut conduit directement dans une chambre aux urgences où le personnel de garde, affairé à ses côtés tentaient de le réanimer. Atteint d'un coma éthylique sévère, il ne parvenait pas à émerger seul. On le réchauffa avec les moyens hospitaliers puis il subit un lavement d'estomac.
Vers neuf heures du matin, il sortit enfin de sa léthargie. Une céphalée douloureuse l'oppressait. Le médecin de garde décida de l'hospitaliser. Jeremy fut admis dans un service médecine à l'étage.
Sur les conseils de son médecin, il se résolu à contacter sa mère, Karine, qui accourue à son chevet.
Jeremy, effondré, lui avouait son mal être. Il pleurait à chaudes larmes. Jamais sa mère ne l'avait vu dans un tel état.

Ausculté par un psychiatre, à la demande de son médecin, il fut diagnostiqué dépressif. Karine, dépassée par la gravité de la situation, prit conseil auprès de son époux par téléphone. Marc dressa le tableau. Leur enfant était sans emploi, sans diplôme, dépressif, délaissé par sa petite amie et en proie à un alcoolisme sévère.

- « Je ne vois que deux options » dit-il à Karine qui s'agitait devant une machine à café dans le hall de l'entrée principal de l'hôpital, avant de poursuivre.
- « Soit on le fait interner en maison de repos mais il n'acceptera jamais, soit on le prend à la maison mais cela ne l'aidera pas. Il lui faut trouver sa route. Je n'ai pas d'autre idée pour le moment ! ».

Karine, qui s'était introspectée.

- « J'ai bien une idée » annonça Karine.
- « Ah oui ? »
- « Je pourrais demander à son père biologique s'il peut l'accueillir. Je sais qu'il a refait sa vie au Maroc » dit-elle spontanément.
- « Rien que ça ! Et tu crois qu'il va le prendre comment Jeremy quand tu lui diras qu'il a un père et que tu savais où il se trouvait ? » interrogea le mari, suspicieux.
- « A vrai dire, je ne sais pas où il vit mais il est dans le golf alors je devrais le retrouver. Le changement de culture, une autre vie, ça pourrait l'aider non ! » dit-elle.
- « C'est sûr ! Mais comment tu crois qu'il va le prendre ton ex ? Je serais étonné qu'il saute au plafond ! » questionna Marc.
- « Faut déjà que je le retrouve, après je lui balance tout directement et puis on verra ! » lança-t-elle.
- « Ecoute, fait comme tu le sens. J'ai du travail à l'agence là. Pense avant tout à Jeremy » lui dit-il avant de raccrocher, totalement perturbé par la tournure prise.

Karine s'empressa de lancer une recherche sur internet dès qu'elle eut coupé la communication. De nature impulsive, il était difficile de la contraindre à renoncer à une idée naissante. En tapant le nom de David Béranger sur Google, elle le vit apparaître en photo sur son portable. En cliquant sur le site affiché, elle tomba sur la page d'accueil de l'académie. Deux numéros de téléphone portable apparaissaient dans l'onglet contact. Le premier fut le bon.

3

Aéroport d'Orly, le 20 Octobre 2021.

Les portes vitrées automatiques du hall F s'ouvraient devant David, dans un crissement bien reconnaissable. Il n'était pas revenu dans la capitale depuis plus de dix ans. En foulant le macadam du trottoir, David ressentit la fraicheur automnale. Il avait quitté précipitamment son pays d'adoption, laissant derrière lui, vingt-six degrés de douceur, pour une douzaine, bien moins agréable. Un simple sac de voyage témoignait de son intention de ne rester que quelques jours. Il en sortit un pull couleur marron, estampillé de l'emblème du club de Rabat. Il se frotta énergiquement le torse avec la paume de ses mains pour se réchauffer avant de le revêtir.
Un quatre-quatre BMW modèle X bleu nuit s'immobilisa devant lui. La vitre, passager avant, s'entrouvrit.

- « Ben alors, tu montes ! » lui dit le conducteur de la BMW en souriant.
- « Georges, vraiment c'est gentil, tu n'aurais pas dû ! » dit David.

David entra dans l'automobile et s'assit sur le siège avant en cuir gris anthracite.
Il posa son sac sur la banquette arrière et observa le chauffeur.

- « Je te l'avais dit. Si tu as besoin de moi, je suis là ! » lui dit Georges.
- « Merci beaucoup mais tu n'étais pas obligé. J'aurai pu aller à l'hôtel » rétorqua David.
- « Tu viens à Paris, tu dors chez moi. C'est un minimum ! » répliqua Georges.

Il était l'un des premiers clients de l'académie de David. Bien des années auparavant, alors débutant, il avait servi de cobaye aux méthodes établies par son mentor sportif. Chaque année, il suivait son stage d'avant saison à Rabat et avec le temps était devenu ami avec les deux associés. Aujourd'hui, golfeur émérite, il recevait son maestro.

- « Bon on va à la maison » lança-t-il.
- « J'aurai préféré passer par l'hôpital Saint-Antoine » demanda David.
- « Ok, je t'y dépose si tu veux mais je ne pourrais pas rester. On m'attend au bureau » annonça Georges.

Il sortit de la poche droite de son pantalon un jeu de clés qu'il tendit à David.

- « Trente rue Pernety, dans le quatorzième. Tu fais comme chez toi ! » lui dit-il.

La voiture démarra et s'éloigna bientôt de l'aéroport. La circulation était fluide à cette heure de la journée. David rejoignit l'hôpital Saint-Antoine en moins de trente minutes. Il fit un signe de la main en guise de remerciement à son ami qui disparut en quelques secondes puis il entra dans le hall principal. A l'accueil, il demanda le numéro de chambre de Jeremy Régis, nom de jeune fille de Karine.

A cet instant, il fut rattrapé par une émotion qu'il ne connaissait plus depuis bien des années, le stress.
Virtuose de la petite balle blanche, expert en décontraction, David tentait de contenir son anxiété naissante. Remarié, à une jeune Marocaine prénommée Fatima, il lui avait fallu accepter le fait qu'il ne serait jamais père alors que les résultats sanguins de son épouse attestaient de sa stérilité. Aujourd'hui, le sort lui offrait une progéniture inespérée et David se sentait à la fois nerveux et impatient.

Karine le reconnu au bout du couloir malgré les années passées. Elle vint à sa rencontre et l'embrassa sur les joues dans une étreinte assez longue. Il avait écrit un long discours dans l'avion pour manifester son mécontentement.
Elle le tira par le bras et l'entraina devant la porte de la chambre où se reposait Jeremy bien avant qu'il n'ait pu

dégainer ses rancœurs. Les sentiments se mêlaient. David se sentait oppressé.
Sans hésitation, Karine entra dans la mansarde entrainant avec elle son acolyte.
Jeremy était étendu sur le lit et regardait la télévision. Lorsqu'il croisa le regard de David, ses yeux s'écarquillèrent. David eut la même réaction. Les deux restaient bouche bée en s'observant.

- « Jeremy, euh ! Je ne sais pas par où commencer ! euh… » balbutiait Karine.
- « J'ai compris t'énerve pas » lui lança le jeune homme.
- « Quoi ? » demanda Karine l'air étonnée.
- « Ben, c'est mon père. Ça se voit et je ne suis pas aveugle » dit Jeremy.

David semblait terrassé. Aucun son ne sortait de sa bouche. Il dévisageait le gamin comme s'il était revenu d'entre les morts. La ressemblance était frappante. Jeremy était le sosie de David à son âge. Aucun doute sur l'authenticité de sa paternité !

- « Vous étiez où pendant tout ce temps ? » demanda Jeremy à son nouveau père.
- « Ben, euh. Enfin, euh… Mais tu ne lui as rien dit » demanda David à Karine.
- « Ecoute, je dois parler à mon fils » dit Karine en reconduisant David à l'extérieur de la chambre.

David venait d'être chassé de la pièce. Il n'avait opposé aucune résistance. Cette bonne femme ne manquait pas de toupet ! Tout seul dans le couloir comme un bon chienchien qui attend son maitre à la sortie du supermarché, David demeurait stoïque et finit par sourire tant la situation lui parut cocasse. Lui qui passait pour un homme aux nerfs d'acier, se trouvait pétrifié devant une porte de chambre d'hôpital. Devait-il entrer, ne pas bouger ou partir ? La curiosité le poussait à entrer, l'humilité à attendre et la terreur lui ordonnait de décamper.

Après quelques instants, Karine sortit de la chambre. Les yeux inondés de larmes, elle s'approcha de David.

- « Il veut te voir. Prend soin de lui s'il te plait » lui dit-elle avant disparaitre.

David la regardait s'éloigner sans mot dire. Il hésita un instant, inspira bruyamment et pénétra dans la pièce. Jeremy s'était assis sur le lit. La télévision était éteinte. Le silence dominait. Les deux s'observèrent.

- « Je ne sais pas quoi te dire ! » dit David en ouvrant la conversation.
- « La vérité, ma mère vient de me la donner… » répondit Jeremy.
- « Ah bon ! » coupa David
- « Oui. Vous n'y êtes pour rien. Vous ne pouviez pas savoir » dit Jeremy en hochant la tête de gauche à droite.

- « Ben non, je n'aurai jamais imaginé… » enchérit David.
- « Rassurez-vous, vous ne me devez rien ! » ajouta Jeremy.
- « Au contraire, j'aimerai vraiment... Ta mère m'a contacté parce que tu traverses une mauvaise passe. Viens avec moi au Maroc, ça ne peut pas te faire de mal » dit David plein de compassion.

Jeremy restait prostré. Aucune réponse ne sortait de son gosier. David lui fit un signe des deux mains qu'il ouvrait comme dans l'attente d'une réponse qui tardait. Jeremy sourit.

- « Ok ! As-tu un passeport en cours de validité ? » demanda-t-il à son fils nouveau.
- « Oui, il est resté chez maman » lui répondit-il.
- « Bon, tu l'avertis. Moi, je m'occupe du médecin pour ta sortie et de te réserver une place sur mon vol retour » proposa David.

4

Le lendemain

Georges était déçu que son ami s'en aille dès le lendemain de son arrivée. Du coup, la soirée entre les deux s'était un peu éternisée et David, manquait de fraicheur au matin. Karine devait passer prendre les bagages de son fils qui ne désirait pas se rendre à l'appartement d'Amandine. Cela valait mieux pour tout le monde ! David avait acheté sur internet un billet pour lui et son fils. Direction l'aéroport dès la sortie de l'hôpital. Karine validait la décision d'un départ rapide même si son cœur saignait à l'avance de cette nouvelle séparation d'avec son jouvenceau. Georges regrettait de ne pas avoir pu se mesurer avec son illustre maître à jouer sur son terrain.
Il restait à David un problème de taille à résoudre. Comment allait-il annoncer la nouvelle à son épouse Fatima ?
Elle était convaincue que son mari accompagnait d'illustres notables en déplacement sur les prestigieux golfs marrackchis.

David ne lui avait que très peu parlé de sa vie d'avant, éludant le sujet par de simples pirouettes. L'appel de Karine paraissait tellement chimérique qu'il avait délibérément choisi de maquiller la vérité. A défaut de canular, il était père pour la première fois. Père d'un gosse de vingt ans complètement déboussolé et mari d'une femme de vingt-neuf ans, stérile, jalouse, authentique et qui détestait par-dessus tout le mensonge. Il ne pouvait pas se pointer à la maison sans l'avertir mais s'il appelait de France comment le prendrait elle ?
David demanda l'avis à son ami, qui ne proposa aucune autre parade que la vérité.
De son coté, Jeremy se préparait à sortir de l'hôpital. Le moral n'était pas au beau fixe cependant cet étrange voyage improvisé, le motivait. Karine avait comme consigne de ne rien divulguer à Amandine. Elle devait uniquement récupérer ses vêtements et en aucun cas, s'étendre sur un quelconque autre sujet.

Amandine eut l'heureuse surprise de découvrir son ex-belle-mère, sur le trottoir devant la porte d'entrée. Elle ouvrit la fenêtre et la sommait de la rejoindre.

- « Je suis étonné de ne pas voir votre fils » dit-elle à Karine, qui entrait dans le studio.
- « Il est à l'hôpital, il a failli mourir de froid » rétorqua-t-elle sans même réfléchir.
- « Comment ? A l'hôpital, dites-moi dans quel hôpital il est ? » demanda-t-elle inquiète.

- « Désolé mais c'est confidentiel. De plus, il m'a confié la tâche de récupérer ses affaires donc donnez-les-moi s'il vous plait » exigea Karine.
- « Je vous fais un petit café » proposa Amandine.

Karine discernait le jeu d'Amandine. Elle ne le comprenait pas mais elle le devinait. Elle ne l'avait jamais vraiment apprécié. Malgré cela, elle la savait être responsable, sérieuse et pragmatique. Karine savait son fils fragile et était convaincue qu'elle en était la cause. Elle avait dû trop chouchouter son garçon, avait été trop permissive et regrettait son manque d'autorité sur lui. Aussi, quand il précipita son départ du domicile familial, Karine avait passé ses consignes à Amandine, qui n'en tenu pas compte. Aujourd'hui, les deux se retrouvaient face à un échec commun.

- « En fait non ! » répondit Karine à la proposition d'Amandine.
- « Ok, pas de café !»
- « Je prends juste ses affaires » enchaina Karine avant de refermer sur elle la porte du studio.

Amandine n'eut donc aucune réponse aux questions qui la bridaient. Elle s'assit sur le canapé, estomaquée par la désinvolture affichée par son es-belle-mère. Cette dernière n'avait pas demandé son reste et dévalait les escaliers les bras encombrés par les vêtements de son rejeton.

L'heure du départ approchait. David fut accompagné à l'aéroport, une nouvelle fois, par Georges. Les deux amis déjeunèrent dans un restaurant à proximité du terminal sud.

Karine avait rejoint son fils dans le hall d'entrée de l'hôpital Saint-Antoine. Jeremy y faisait les cent pas. Un taxi devait les attendre à proximité. Fort était de constater qu'il n'avait pas tenu parole et avait décampé avec l'avance reçu. Karine était atterrée. Les bagages de Jeremy se trouvaient dans le coffre du taxi malhonnête. Jeremy en rigola comme s'il s'agissait d'un acte anodin.

- « Tu as gardé mon passeport au moins » demanda-t-il à sa mère, complètement effondrée.
- « Ben oui, il est dans mon sac » lui dit-elle.
- « Alors on file à l'aéroport » ordonna Jeremy.
- « Tu es sur ? » lui demanda-t-elle.
- « Quitte à recommencer autant le faire en slip » dit-il en rigolant.

L'enregistrement des bagages avait débuté. David attendait dans la file.
Pendant ce temps, Karine et Jeremy se trouvaient sur le périphérique sud, Porte d'Orléans, prisonniers dans les embouteillages. Le taxi tentait de les rassurer. Jeremy s'amusait de la situation. Karine appela David qui patientait toujours dans la file d'attente de l'enregistrement.

- « On a eu un problème » lui dit-elle.
- « Ok mais vous arrivez quand ? » demanda-t-il.

- « Le taxi nous dit entre quinze et trente minutes » annonça-t-elle.
- « Je vous attend. De toute manière, je ne partirais pas sans lui » dit-il.

Ses paroles réchauffèrent le cœur de Karine. Elle comprit que Jeremy serait en sécurité avec cet homme qu'elle avait aimé. Jeremy avait entendu la conversation et s'arrêtait de rire niaisement.

- « J'ai un avion à prendre. Dépêchez-vous s'il vous plait » demanda-t-il au taxi.
- « Ne vous inquiétez pas. Nous arrivons près de l'A 6. Pas de problème à cette heure.

Il disait vrai. Quinze minutes plus tard, Jeremy rejoignit David qui l'attendait en pied de grue.

- « Où sont tes bagages ? » lui demanda-t-il en le voyant arriver.
- « Dans le taxi » répondit Jeremy.
- « Mais va les chercher. Faut les enregistrer ! » ordonna-t-il.

Jeremy se mit à rire à nouveau. Quelques retardataires arrivaient alors que David semblait désabusé.

- « En fait, on est en retard parce qu'un taxi nous a fait faux bond. Le mec s'est tiré avec mes valises pendant que maman venait me chercher à l'hôpital » dit Jeremy hilare.

- « Comment ! Bon, on te rachètera des affaires sur place » annonça David.

Karine tendit son passeport au jeune homme qui s'enregistra au comptoir de la compagnie aérienne. Elle les accompagna jusqu'au hall d'embarquement.

- « Faites de votre mieux tous les deux » leur dit-elle avant de partir.

Père et fils, pour la première fois réunis, embarquèrent.

Jeremy eut un sentiment agréable au décollage de l'appareil. Comme si tous ses ennuis avaient disparu soudainement. Il redémarrait une nouvelle vie. Même s'il savait que sa situation était provisoire, il ressentait de l'espoir dans ce départ. Il quittait son monde fait de tracas, de désillusion et de stress. Il abandonnait derrière lui ses échecs à répétition pour un monde inconnu à l'instar des grands navigateurs d'antan, même si cela n'était encore une fois, que provisoire.
David, lui, était plus introverti. Il percevait une appréhension légitime. Il ne savait toujours pas comment annoncer à son épouse sa paternité inopinée. Il se sentait investi d'une mission envers son fils providentiel. Il espérait seulement que Fatima, comprendrait sa démarche.

- « Je suis content que tu sois là » dit-il à Jeremy alors que l'avion accélérait sur la piste d'envol.

Le voyage se déroula sans anicroche et trois heures plus tard, l'avion se posa sur la piste de l'aéroport de Rabat-Salé. La température extérieure affichait vingt-cinq degrés. Jeremy souriait. Un autre monde s'ouvrait devant lui. Tout lui semblait dépaysant. Il avait aperçu les maisons sans toitures au moment de l'atterrissage, symbole architectural des bleds. Les multiples contrôles des policiers et douaniers marocains le divertissaient. David lui semblait perplexe. Plus il s'approchait de chez lui, plus il semblait se raidir, à tel point que Jeremy le remarqua.

- « Ça n'a pas l'air d'aller ? » demanda-t-il.
- « Ne t'inquiète pas ! » répondit le père

.

Le dernier point de contrôle douanier passé, les deux hommes furent réceptionnés par Mustapha, qui patientait dans le hall principal.

- « Salam roya » dit Mustapha à son ami en l'étreignant.
- « Salam Mus » répondit David.
- « Alors c'est lui ton fils ? humm... Oui, pas de doute. C'était une question idiote ! » dit Mustapha en regardant Jeremy avant de le saluer.
- « Maraban fils » enchérit-il.
- « Ça veut dire bienvenue » traduisit David.
- « Où sont tes bagages ? » demanda Mustapha à Jeremy.
- « C'est une longue histoire Mus. Je te raconterais plus tard » dit David à son associé.

Les trois se dirigèrent à l'extérieur. Jeremy sentit l'exaltation poindre. Les palmiers, symbole de pays chauds étaient bien présents comme il l'avait imaginé. La chaleur en ce début de soirée était encore palpable. La fourgonnette neuf places de l'académie était garée sur un arrêt taxi. Mustapha prit le volant et démarra en trombe alors qu'un policier en uniforme s'approchait. David avait pris place sur le siège passager alors que Jeremy se trouvait sur la première banquette arrière. Le visage plaqué contre la vitre, il observait scrupuleusement chaque détail à sa portée.

- « Ça s'est bien passé avec les belges ? » demanda David à Mus.
- « Ils ont juste regretté ton absence » répondit-il.
- « Tu leur as dit que je faisais l'aller-retour ? » interrogea David.
- « En fait, non ! mais ça va leur faire plaisir » dit Mus.
- « Je ne sais pas si je viendrais demain matin. Je ne sais pas comment va réagir Fatima ? » annonça David l'air soucieux.

Mustapha se mit alors à rire frénétiquement. Il regarda son ami tout en conduisant et s'esclaffa encore et encore. Jeremy était étonné par la population présente dans les rues. Une nuée d'êtres humains circulaient non pas sur les trottoirs mais sur la route.

David possédait une maison dans le quartier résidentiel d'Hay Salam, à Salé, dans la proche banlieue de la capitale. Elle ne se trouvait qu'à trois kilomètres de l'aéroport.

- « Et voilà, livraison à domicile » cria Mustapha le sourire aux lèvres.
- « Tu passes me chercher à huit heures demain matin » lui demanda David.
- « Na Am frère. Appelle si tu as un souci ! » dit Mus, compatissant.

Jeremy observait la scène. David lui avait bien dit qu'il était marié, sans s'étendre sur la question. Il observait ce père inattendu s'ensevelir sous ses propres doutes. Le véhicule disparut. David et Jeremy se trouvaient face à la demeure familiale. David ouvrit le portail en fer forgé noir. Jeremy ouvrait grand les mirettes et appréciait la vue. La bâtisse était travaillée dans la plus pure tradition marocaine. Un crépi couleur café au lait recouvrait les parois de l'édifice. Chaque fenêtre était enserrée de sa cage métallique torturée. Le jardin était minuscule. Malgré tout, un palmier y avait trouvé sa place face à l'entrée principale. La maison était mitoyenne par ses deux façades latérales. De minuscules murs d'enceintes la séparaient du voisinage. Le rez de chaussée était illuminé.

David entra. Il invita son fils à le suivre. Les deux se déchaussèrent. Près de l'entrée, dans le petit salon, ils rejoignirent Fatima qui conversait avec sa jeune sœur autour d'un thé à la menthe fumant.

- « Tu es rentré mon mari » dit-elle en l'apercevant.

Jeremy distingua sa belle-mère. De grands yeux marron clair et un sourire étincelant illuminait son visage. Le reste du corps était camouflé sous une djellaba en cachemire léger de couleur bleu et ornée de petits strass disséminés habilement. Sa chevelure dépassait légèrement du tchador assorti à la tenue qui la recouvrait. La texture éraillée de sa voix agrémentait son charisme naturel.

- « Tu nous présente ton ami » demanda-t-elle en apercevant Jeremy.

David alla saluer Nora, sa belle-sœur, alors que Jeremy entrait dans le salon.

- « Mon dieu qu'il te ressemble. Vous êtes de la famille ? » interrogea Fatima en tendant la main à Jeremy.

Le jeune homme resta bouche bée.

- « C'est mon fils » annonça David fermement et sans ménagement.

Fatima s'affala. Son visage changea de trait. Nora lui appliqua sa main gauche sur l'épaule tout en la fixant. Tous les yeux semblaient braqués sur elle. Tout d'abord, figée, elle finit par se relâcher, abaissant son regard comme pour fuir toute oppression à venir.

- « C'est une bonne nouvelle » dit-elle simplement.

David soupira et sourit. Belle réaction de la femme qu'il aimait. Jeremy tendit la main en direction de Fatima alors que Nora le dévisageait exagérément.

- « Nous venons de le découvrir, c'est incroyable non ! » dit-il à sa nouvelle belle-mère.
- « Vous êtes le portrait de David quand il était plus jeune. En tout cas, il n'y a pas de doute la dessus » dit-elle avant de l'inviter à s'asseoir près d'elle.

Nora se leva et partit chercher deux verres à thé. David embrassa sur le front son épouse et s'effondra sur les coussins du salon marocain. La pièce était encerclée par ce sofa sans fin aux couleurs bleu électrique. Un tapis tressé à la main recouvrait le carrelage devenu quasiment invisible. Une petite table, drapée d'une nappe en plastique écru, siégeait devant les femmes.

Lorsqu'elle revint, Nora empoigna la théière à l'aide d'un chiffon et déversa le contenu dans la tradition arabe en faisant montée le plus haut possible l'objet d'où s'échappait un jet long comme un serpent. Jeremy regardait timidement la petite sœur de sa belle-mère, troublé par sa différence. Elle avait fait le choix du voile pour endiguer les velléités de ses camarades de cours. Du haut de ses dix-huit printemps, elle faisait la fierté de sa famille. Elle avait obtenu avec mention son baccalauréat et avait intégrer l'université de Rabat Souissi. Elle était

devenue la première de la famille a entamé un cursus universitaire.
Jeremy se sentait à sa place au milieu de ses inconnus familiaux. Fatima l'accueillait avec sympathie dans la grande tradition berbère.

Après plusieurs minutes, elle se leva.

« Bien, il faut que je fasse le diner. Nora, peux-tu conduire Jeremy dans la chambre d'ami pour qu'il s'installe, il faut que je parle à mon mari » dit-elle.

David se redressa et accompagna son épouse dans la cuisine pour subir, s'en doutait-il, un interrogatoire en règle. Nora suivait le cortège, les bras chargés par la vaisselle sale. Elle revint immédiatement dans le petit salon où se trouvait Jeremy, esseulé.

- « Tu viens, je te montre ta chambre. » dit-elle d'une voix douce et à peine audible.

Jeremy obtempéra et la suivit dans le couloir.

- « Mais où est ta valise ? » questionna-t-elle.
- « Ben, pour faire court, je n'en ai pas ! » répondit-il.

Nora regarda Jeremy et se mit à rire. Cela déclencha automatiquement l'hilarité du garçon qui succombait au sourire de la jeune femme. La blancheur de ses dents éblouissait l'iris de Jeremy. Ses lèvres, au dessin parfait, servaient d'écrin à

cette symphonie. Il ressentait comme du bonheur à chaque rire. La paupière gauche de Nora se fermait pour moitié en se plissant ce qui rendait unique le tableau. L'anomalie créait la typicité.
Jeremy se sentait bien.

- « Faudrait que j'appelle ma mère » dit-il alors que les deux s'engageaient dans l'escalier.
- « Installe-toi. Je vais demander à David son téléphone » lui dit-elle.

La légendaire hospitalité marocaine n'était pas utopie, ces gens savaient recevoir !
La chambre était spacieuse mais sans chichi. Un lit deux places trônait en plein centre. Une armoire rustique en merisier teint clair était placée contre le mur de gauche. Face au lit, une commode dans la même lignée accueillait en son sommet un téléviseur à tube cathodique encombrant. Pas de tapis dans cette pièce, uniquement du carrelage frais, alterné jaune et marron. Jeremy appela la chambre, vanille chocolat.
Nora frappa à la porte de la mansarde. Jeremy lui demanda d'entrée. Timidement, elle pénétra et lui tendit le téléphone portable, emprunté à David. Jeremy la remercia alors qu'elle ressortait. Il regarda le téléphone, sourit et composa le numéro de sa mère.

5

Jeremy eut un sommeil agité durant sa première nuit sur le continent africain. Il s'était empiffré lors du diner. La pastilla avait eu du mal à passer et c'est repu, qu'il se couchait. Les fenêtres en bois mono-vitrées laissaient passer les résonances extérieur. Au plus profond de la nuit, des meutes de chiens se donnaient rendez-vous dans les rues alentour et entamaient un concert d'aboiement. Des hommes déambulaient presque sans discontinuer et dialoguaient toujours à ce point fort que Jeremy avait l'impression d'être près d'eux. A partir de six heures du matin, le ballet des véhicules aller et venant remplaçait les couche-tard.

A sept heures tapantes, David entra dans la chambre de Jeremy.

- « Je vais au golf, tu viens avec moi » demanda-t-il.

Jeremy était vautré sur le matelas et peinait à s'extraire de sa torpeur.

- « Là, maintenant ? Tu sais que je n'ai rien à me mettre » lui répondit-il.
- « Ben justement, on va t'acheter des vêtements en rentrant et au golf, je te prendrais une tenue au magasin, si tu veux » lui dit David plein d'allant.

Jeremy se leva puis s'habilla avec ses frusques sales et rejoignit son père dans le petit salon. Fatima et Nora étaient déjà debout. Il était monnaie courante qu'elles dorment ensemble. Lorsque David découchait, par obligation professionnelle, Nora rejoignait sa sœur et elles dormaient dans la même pièce comme pour s'auto-protéger.

- « Thé, chocolat, jus d'oranges, miel et œufs durs au menu » annonça Fatima, le sourire aux lèvres.

Jeremy parut impressionné par ce déploiement de victuailles bien agencées. Il observait son père qui lui fit un clin d'œil et signe de s'asseoir. Il se contenta d'un verre de thé, d'une tartine beurre miel et d'un verre de jus d'oranges frais.
A huit heures précises, le timbre du klaxon de la fourgonnette retentit. Mustapha poireautait à l'extérieur. Pantalon à pinces noir, polo Lacoste blanc, casquette Taylor Made vissée sur le front et chaussure Adidas blanche composait sa tenue de travail. David apparut avec un accoutrement différent. Lorsqu'il l'aperçut, Jeremy ne put s'empêcher de sourire.

- « Si c'est ça la tenue que tu veux m'acheter, lâche l'affaire » dit-il à son père.
- « Mais non ! Ça, c'est pour le folklore et en plus, je rends hommage à Payne Stewart ! » répondit-il.
- « A qui ? »
- « L'un des derniers golfeurs professionnels en vêtement traditionnel » rétorqua-t-il.

David arborait une tenue originale écossaise. Son pantacourt, un knicker des temps ancien tartan rouge et vert était maintenu par une ceinture blanche en silicone. De longues chaussettes, couleur vert pomme, en laine remontaient jusqu'en haut de ses mollets. Un polo blanc flanqué du logo du golf de Dar es Salam et un béret blanc complétaient sa tenue de parade. Il transportait avec lui un gros sac de sport.
Après l'étreinte matinale de coutume, les trois hommes vaquèrent à leurs occupations. La camionnette rejoignit rapidement Rabat. Jeremy avait les yeux collés sur la vitre et contemplait avec intérêt l'extérieur. Beaucoup de policiers en poste fixe, dans les grands axes, veillaient à la bonne circulation des autochtones. Jeremy remarquait la présence importante de poussières, la crasse manifeste des rues, notamment l'amoncellement d'ordures dans les caniveaux et une forme d'aridité méconnue en Europe. Des ânes tractant des remorques sur lesquelles s'entassaient la liasse populaire la moins aisée cohabitant avec une ligne de tramway flambante neuve. Un quartier populaire en plein cœur de Salé à proximité d'une marina peuplée de millionnaires, des mendiants le long du palais royal, ce pays semblait être celui du paradoxe !

Jeremy scruta avec attention les remparts en terre cuite que la camionnette longeait. Son père lui faisait une petite visite guidée. Il passait devant l'ambassade d'Arabie saoudite qui se trouvait à proximité de l'ancienne ambassade des Etats-Unis puis empruntèrent une avenue gigantesque, large de six voies dans le quartier Agdal. Le niveau s'était élevé. Des Porsche, BMW et autres voitures de prestiges vadrouillaient sur cet axe. Encore un peu plus loin, ils atteignirent le quartier de Souissi où résident les plus grosses fortunes locales. Les propriétés luxueuses cohabitaient avec les ambassades des pays riches. Bientôt, l'entrée du palais royal à droite puis une centaine de mètres plus loin, le véhicule tourna sur sa droite. Une immense forêt se dressait sur la gauche de la route. Trois kilomètres de ligne droite pour atteindre l'entrée du golf. Des policiers à cheval surveillaient le contour de la propriété royale qui jouxtait le domaine. Mustapha vira sur la gauche et s'immobilisa quelques secondes devant une barrière rouge et blanche. Trois gardiens se trouvaient au poste d'entrée.

Jeremy en pénétrant dans cet écrin de verdure assez inattendu, se sentit comme happé par un sentiment de bienêtre absolu. La verdure telle l'émeraude et le jade dominait. La fourgonnette roulait au pas. A travers la forêt, on pouvait deviner les fairways et les greens marqués par un drapeau de couleur jaune. Il flottait comme une odeur d'humidité ce qui contrastait avec le sentiment d'aridité ressenti quelques kilomètres en amont.
Le véhicule se gara près du practice. David sortit le premier et ouvra le coffre du véhicule tandis que Mustapha s'étirait.

Jeremy descendit à son tour. David ferma la malle et Mus cliqua sur sa clé pour condamner les portières.

- « On va boire un petit café » annonça David tout en enfilant les bretelles de son sac trépied.

Le club house se trouvait dans une construction à la surface imposante. Restaurant, snack, terrasse, vestiaires luxueux, douches et même un club de remise en forme pour dames y étaient abrités. Les deux golfeurs avaient laissé leurs sacs à l'entrée et quitté leurs casquettes en entrant comme de coutume dans ce sport.

- « Bon les belges arrivent pour neuf heures » dit Mus à David.
- « Tu leur as dit quoi exactement pour aujourd'hui ? » demanda David.
- « Ben, je leur ai dit qu'on ferait une séance de practice avant de jouer le rouge » répondit-il.

Jeremy ne comprenait rien à tout ce baragouinage.

- « Vous faites quoi exactement ? » demanda-t-il.
- « On donne des cours de golf mais on accompagne aussi nos clients sur les plus beaux parcours du pays » lui répondit Mustapha.
- « Mus, tu nous attends. On va au pro shop » enchaina David.

.

David traversa le restaurant, ouvrit les portes vitrées coulissante menant sur l'immense terrasse, suivit par son fils, emprunta les escaliers mosaïqués en pierres cassées et atteignit le magasin qui jouxtait le caddy master un peu plus bas. Une nuée de porteur appelé caddy attendait les premiers joueurs de la journée. Jeremy était ébloui par cet enchantement de verdure. Un petit homme chauve et rondouillard à l'imposante moustache vint à la rencontre de David.

- « Tu as besoin de quelque chose David ? » demanda-t-il.
- « Oui. Je te présente Jeremy, mon fils. Habille-le des pieds à la tête » dit-il.
- « Je ne savais pas que tu avais des enfants ! » répondit le vendeur avec étonnement.
- « Je ne savais pas non plus ! » dit David en souriant.
- « Il lui faut une tenue. Hum, couleur Dar Salam, c'est bien ? » demanda le vendeur.
- « Comme il veut, il choisit. Tu lui donne ce qu'il veut, je viendrais te payer en partant. »
- « Pas de problème » dit le vendeur qui s'affaira autour de Jeremy.

David sortit du pro shop et partit à la rencontre des caddys qui jonchaient le gazon en bord de putting green. Il conférait avec eux. Jeremy observait du coin de l'œil. Il choisit un pantalon noir, un polo marron clair, une ceinture noire en silicone, une casquette de couleur marron au logo du club, des chaussures foot Joy noires et blanches qu'il porta immédiatement. Le vendeur lui offrit son premier gant de golfeur et plaça ses vêtements sales dans un grand sac plastique qu'il garda en boutique. Jeremy remonta vers le café où il retrouva Mus et son père.

- « Waouh, ça change ! On dirait un vrai petit golfeur » dit Mus sur le ton de la plaisanterie.
- « Y'a plus qu'à apprendre maintenant. Tu veux essayer ? » demanda David.
- « Bien sûr même si j'ai toujours pensé que c'était un sport de vieux » lança Jeremy.

Mustapha et David se mirent à rire en entendant cette remarque. Jeremy parut s'en offusquer.

- « C'est le sport le plus dur du monde Jeremy. Il faut des années de pratique pour être un bon joueur et même avec des années, il y a des joueurs qui n'y arrivent pas. Non, ce n'est vraiment pas un sport de vieux ! » argumenta David, le ton sérieux.
- « Ok, montre-moi » dit Jeremy, défiant.

Les trois quittèrent le café. David et Mus renfilèrent leurs bardas qui cliquetaient dans une symphonie en fer majeur, à chacun de leurs pas. Une centaine de mètres plus loin, l'équipée arriva sur le practice. David récupéra deux seaux remplis de balles jaunes. Il en tendit un à Jeremy qui l'emporta. L'emplacement de jeu était défini par une corde. On pouvait apercevoir les divots récemment creusés. David posa son seau qu'il versa sur le gazon morcelé. Les balles s'éparpillèrent à proximité.

- « Mus, sans te commander, ça serait bien que tu ailles accueillir les belges. Tu leur payes un café et tu me rejoints ici dans quinze minutes. Je vais donner à Jeremy sa première leçon »
- « Ok boss » lui répondit Mus, qui s'éloigna rapidement.

David attrapa le fer numéro sept dans son sac et fit quelques exercices d'échauffement avec. Jeremy l'observait.

- « Bon je te montre » dit-il avant de se présenter devant une balle placée sur le gazon.

Le fer se plaça derrière la balle. David avait une main sur le club. Il regarda vers l'horizon, aligna ses pieds, posa sa deuxième main sur le grip, sortit le fessier comme pour le dévoiler puis fixa la balle. Le club s'éleva, tourna autour de son tronc, passa derrière ses épaules musclées et redescendit comme il était venu mais à une vitesse bien plus importante. Jeremy fut étonné par le son produit par l'impact alors qu'il regardait la balle disparaitre dans le ciel.
David tendit le même club à son fils qui l'empoigna. Jeremy se sentit gêné dans un premier temps.

- « Comment le tient-on ? » demanda-t-il.

David lui montra les différents grips possible et Jeremy opta pour le grip entrecroisé. Il fit deux essais dans le vide avant de s'approcher d'une balle. Il serra les dents, fit monter le club très rapidement et voulu taper très fort dans la pauvre petite balle qui ne bougea que de quelques centimètres alors que Jeremy avait totalement perdu l'équilibre. Jeremy sourit, gêné.

- « Tu me remontres » demanda-t-il à son père qui n'en demandait pas tant.

David se remit à l'adresse et envoya sa balle à près de cent soixante mètres. Jeremy rigola et hocha de la tête.

- « Ok, explique-moi » dit-il.
- « Geste et posture ! » répondit David avant de poursuivre.
- « On ne peut bien jouer au golf que si l'on maitrise son geste et on ne peut maitriser son geste qu'en ayant une bonne posture. Autrement dit, il faut que tu prennes immédiatement le bon swing sinon tu vas passer des années à tout modifier. Ici, on a créé une académie de swing. Je te montre les fondamentaux »

David posa son club et mima le geste à réaliser. Il prit place derrière Jeremy et le plaça comme il faut. Le coude droit de Jeremy avait tendance à se positionner comme une aile de poulet.

- « Le plateau, fils ! C'est un des secrets du golf. Le coude collé contre le flanc pendant la rotation. En fin de rotation, il s'élève comme pour lever un plateau, les deux mains sont alignées dans le prolongement du bras gauche. Là tu redescends sans jamais perdre des yeux la balle et tu la traverses sans la frapper, tu la traverses seulement... »

Jeremy écoutait attentivement. Il contemplait son père qui avait repris le club en main et faisait décoller les unes derrière les autres, ses minuscules ogives bouton d'or. Jeremy prit un club au hasard dans le sac de son géniteur et tenta de reproduire ce qu'il avait cru comprendre. Par deux fois, il rata la balle avec le fer neuf qu'il enserrait. Puis d'un coup, une première partit. Cela l'étonna tout d'abord puis il ressentit une sorte d'accomplissement qui libéra bon nombre d'endorphines. Encouragé par cette réussite, il matraqua le sol dans l'espoir d'à nouveau réussir. David le regardait d'un œil amusé. Il le replaça encore et encore.

- « C'est un sport de contraire. Plus tu vas frapper fort moins la balle va avancer. Plus tu vas serrer le grip moins tu vas le tenir. Il faut lancer, jamais frapper » lui dit-il.

Le groupe de golfeurs belges arriva en compagnie de Mustapha. Six quinquagénaires bruxellois, qui louaient une villa à proximité du golf, composaient le groupe de la semaine. Ils mêlaient golf et soirées orgiaques où pullulaient plusieurs jeunes filles rencontrées dans les discothèques environnantes. David les accueillit chaleureusement en s'excusant pour son absence des jours précédents. Les Belges revenaient pour la troisième année consécutive suivre les préceptes de l'académie comme un rituel d'avant saison. Jeremy ne les avait même pas aperçus tant il se concentrait sur les petites balles. Dans sa tête raisonnait sans cesse le mot lancer, les mains toutes molles, traverser. Il décomposa le mouvement et frappa la balle qui s'envola puissamment. David sourit. Mustapha le félicita également.

- « Je vous présente mon fils. Il joue au golf depuis dix minutes maintenant » dit David à l'attention des belges.
- « Il a l'air doué » lança un des compères.

Jeremy continuait à mimer le geste qu'il cherchait à comprendre.

- « Bon ! Un peu de technique ce matin. Jeremy, ça vaut aussi pour toi » dit David.

Jeremy arrêta ses essais, releva la tête et prit sa leçon. Positionnement de la balle au stance, écartement des pieds, position des épaules, des bras et des mains sur le shaft. Tout fut passé en revue comme pour ne rien oublier. Jeremy se prit au jeu et progressa rapidement. Il utilisait les clubs du paternel pourtant réputés dur à jouer.
Après deux heures d'entrainement technique, David invita la joyeuse bande à défier le parcours rouge. Jeremy n'avait pas arrêté un instant et semblait fasciné par le défi de contrôler la balle.

- « Jeremy ! Tu viens, on t'attend » lança David.

Jeremy ne sourcillait pas. Son père insista en haussant le ton et le jeune homme sortit de son envoutement. David prit avec lui un groupe de trois joueurs et Mustapha prit l'autre moitié. Les belges étaient accompagnés de caddy et David confia son sac à son fils.

- « Tu vas voir une partie. C'est maintenant que tu vas savoir ! » lui dit-il.
- « Que je vais savoir quoi ? » questionna Jeremy.

6

Jeremy arpentait le parcours rouge du royal golf club de Dar es Salam, les yeux remplis d'étoiles. La nature lui paraissait infiniment belle. Il y avait comme une forme de sérénité à déambuler dans cette magnificence. L'union nature et enjeu ludique le captivait. David tirait des missiles sous les yeux de son rejeton admiratif. Jamais, il n'aurait pu imaginer toute la beauté et la complexité de ce sport dans sa, désormais, ancienne vie. Il percevait depuis toujours le golf comme un loisir réservé aux aristocrates séniors et aux bourgeois grandiloquents.
David, lui, expliquait la stratégie à mesure qu'ils avançaient. Il ne s'agissait pas uniquement de faire avancer la balle mais plutôt de la déposer à un endroit défini pour éviter tous les obstacles naturels. Mettre cette petite balle blanche de cinq centimètres de diamètre dans un trou de dix centimètres en quatre coups avec une distance de quatre cent mètres à parcourir, tout en sachant qu'une toute petite erreur au moment

de l'impact du club sur la balle pourrait la faire dévier de sa trajectoire et la conduire en sous-bois, dans un bunker ou une rivière, paraissait incroyablement ardu. Elle pourrait ne pas faire la distance escomptée en cas de vent contraire ou aller plus loin si elle était portée. Tant de paramètres à prendre en considération, sans oublier qu'il fallait rester concentrer plus de quatre heures pour jouer un parcours. Le Driving, le grand jeu, le petit jeu, le Chiping, le putting, les effets, fade et draw, slice et Hook, l'étiquette, Jeremy écoutait son père l'éduquer. Il ne posa aucune question et s'imprégna du lieu.

Les belges savaient jouer. Ils manquaient un peu de longueur par rapport à David et engrangeaient les bogeys, quand David, touchaient des pars.
Au trou numéro neuf, le green se situait sur une ile. Cent trente-cinq mètres de vol au-dessus de l'eau pour que la balle puisse atterrir sur l'étendue. Aucune autre échappatoire que la confiance en ses qualités ! David frappa sa balle à l'aide d'un fer neuf. Elle s'envola très haut vers les nuages et retomba droite comme un i. Jeremy la vit atterrir à quelques centimètres de sa cible. Il observa les sourires de contentement de la troupe. Il y avait du bonheur à être là. Le sac lui pesait. Non pas qu'il le trouvait lourd mais plutôt parce qu'il lui fallait se déharnacher avant chaque coup puis le renfiler. Finalement dans ces conditions, cela lui paraissait être vraiment un sport et non, un simple loisir. Aucun caddy marocain ne présentait d'embonpoint avait-il remarqué par ailleurs.
David termina son parcours par un birdie sur le par cinq du dix-huitième trou sous les regards enthousiastes de ses partenaires. La partie de Mustapha était un peu en retard. Ils n'étaient

toujours pas parvenu au départ du dernier trou. David proposa aux membres de son équipée de se rafraichir au bar en les attendant. Les belges se délectaient par avance à l'idée d'engloutir des boissons maltées. David installa la troupe sur la terrasse.

- « Eh bien, tu ne t'assois pas ? » demanda David à son fils qui restait debout devant la tablée.
- « En fait, j'aimerai assez retourner au practice pour taper dans la balle » dit Jeremy.
- « Comme tu veux. Bois un coup avec nous quand même ! » demanda l'un des belges.
- « Franchement, non ! » répliqua Jeremy avant de prendre la direction du practice.
- « Dis donc, il a l'air d'en vouloir le petit » remarqua un des belges.
- « Je ne sais pas. Je sais juste qu'il a eu une vie un peu difficile. Surtout ces derniers temps. » répondit David.

Jeremy avait l'image de la balle en vol devant les yeux. Il ressentait un besoin viscéral de reproduire ce qu'il avait perçu comme une symphonie achevée. C'était un besoin obsessionnel. Plusieurs personnes avaient rejoint le practice et s'entrainaient. Jeremy demanda un seau de balle. On lui demanda vingt dirhams. Il dut repartir quémander à son père la menue somme. David discerna de la détermination dans l'œil du gamin. Pendant ce temps, Mustapha arrivait avec sa fine équipe sur le green du dix-huit. Les belges trinquaient avec

leurs bières de marque Casablanca. Intrigué, David regarda son môme repartir vers le practice.
Jeremy prit son seau remplit. Il se plaça le plus loin sur l'extérieur gauche du practice. Il ne voulait personne à proximité pour expérimenter sans déranger. Il s'échauffa en swinguant dans le vide, pensait à toutes les choses que David lui avait dites. Il tentait de sentir de la fluidité dans son geste qui en plus d'être efficace avait le devoir d'être beau. Sûr de son fait, il frappa la première balle qui sortit du seau. Le colis s'envola et atteignit le ciel avant de s'écraser près de la cible visée. Jeremy ressentit une satisfaction incroyable. La grâce s'était immiscée en lui. Il ressentait comme une certitude, comme un pouvoir qui lui intimait l'ordre de recommencer pour à nouveau se délecter. Il frappa à nouveau de manière exemplaire et décida de changer de club. Les bois de parcours l'intriguaient comme le driver. Jeremy prit un tee qu'il enfonça, posa dessus une balle et swingua. Le résultat fut épouvantable. La balle prit un virage à quasiment quatre-vingt-dix degrés et faillit toucher un joueur sur le practice, à proximité.

- « Gestes et postures » entendit-il.

David, par curiosité était venu observer le novice.

- « J'ai vu ton coup de fer. Magnifique pour un débutant ! » lui dit-il.
- « Merci mais tu as vu le driver. Complètement raté ! » rétorqua Jeremy.

- « C'est juste le club le plus difficile à jouer, fils. Le plus long, le plus fermé et en plus, tu dois le jouer plus à plat avec la balle plus devant. Je te montrerai tout à l'heure. Maintenant, c'est l'heure de déjeuner. Tu nous rejoins, Mustapha est arrivé avec les autres »
- « Fils… Il faut que je m'habitue à ça ! J'ai appelé un autre homme, papa durant toute ma vie » remarqua Jeremy le ton sérieux.
- « Appelle-moi comme tu veux, l'important c'est toi, juste toi, d'accord ! » lui dit David.
- « D'accord père » lança Jeremy ironiquement.

Cela fit sourire David qui enserra le seau de balle presque plein. Il le déposa chez le préposé au practice alors que Jeremy lui emboitait le pas.

- « Quelles sont tes premières impressions ? » demanda David à son fils alors qu'ils sillonnaient le chemin menant au club house.
- « C'est génial ! Il faut que tu m'enseignes. J'adore ton job » répondit Jeremy.
- « On est là presque tous les jours. Tu es le bienvenu » lui assura David.

Ils déjeunèrent tous ensemble malgré l'heure avancée de l'après-midi.

7

Les belges avaient insisté pour rentrer dans leur villa de location et comme de coutume, c'est en fourgonnette que David et Mus les reconduisirent. Les clients montraient des signes d'harassement après toutes leurs débauches et ce malgré, l'entrainement suivi. Jeremy avait insisté pour finir son seau de balle mais David avait refusé arguant que le shopping revêtait plus d'importance. L'argument était imparable et Jeremy s'y plia. Rendez-vous était pris avec les Bruxellois pour le lendemain et la visite du parcours de Mohammedia Anfa. David avait réglé sa note au pro shop et s'était changé dans les vestiaires avant de partir. Il avait remplacé le tartan par un jean plus adéquat. Mus le déposa en compagnie de Jeremy devant les remparts de la médina.

- « Je vais boire un petit café chez mon frère ! » leur dit-il.

Beaucoup de piétons circulaient sur les trottoirs. Les voitures frôlaient les motocyclettes. Un gros policier moustachu jouait du sifflet. Les taxis bleus déposaient leurs colis. Un taxi blanc passa à proximité de Jeremy qui remarqua le taux de remplissage élevé. Sept personnes entassées dans une Mercedes des années soixante-dix, cela lui parut ahurissant. David l'affranchit sur le fonctionnement de ce mode de transport en souriant. Puis les deux s'engouffrèrent sous une petite arcade et pénétrèrent le souk de la ville impériale. Des marchands étalaient à même le sol, sur les trottoirs abîmés, leurs marchandises, juste devant des boutiques plus réglementaires. Les ruelles étroites regorgeaient de badauds. Les vendeurs harcelaient Jeremy qui s'en remettait à David. Plus au cœur du souk, Jeremy s'immobilisa devant une boutique de vêtements moderne. Il essaya deux jeans, une veste et des baskets. David demanda le prix. Jeremy le trouva raisonnable. Son père rigola et négocia. Après bien des palabres, l'affaire fut conclue.

- « N'oublie pas que tout ou presque est contrefaçon ici. Il faut tout négocier, surtout avec nos faciès européens. Dans la tête d'un marocain, tu es français, tu es riche automatiquement » dit David.
- « Mais c'est n'importe quoi ! » répondit Jeremy.
- « Certes mais eux ne voit que les touristes et les touristes, ce ne sont pas des rmistes mais des gens qui viennent dépenser donc finalement, ils sont un peu dans le vrai » argumenta David.

Un peu plus loin, ils achetèrent quelques sous-vêtements et trois tee-shirts Ralph Lauren contrefait eux aussi. L'odeur des épices orientales parfumaient certaines ruelles et leurs conféraient une identité typique. Les touristes européens se mélangeaient aux natifs cependant cela ne dupait personne, il y avait bien deux poids-deux mesures. Les vendeurs se concentraient sur les touristes. A contrario, ils concluaient leurs affaires avec la populace plus rapidement, étroitesse de marge oblige. David connaissait les valeurs mais laissait, en général, le soin à son épouse ou sa nièce, l'entière liberté de négocier. Avec Jeremy, il avait vu dans cette démarche une occasion d'un peu plus, se rapprocher.
Le gamin tenait dans les mains ses paquets, preuve de renouveau, comme un cadeau de noël avant l'heure. David avait la main collée sur son portefeuille dans la poche droite de son pantalon. Il y avait une sorte de cohue dans les ruelles les plus étroites et les piques Pocket grouillaient. Prévention et observation était son crédo.

- « On rejoint Mus et on rentre prendre une bonne douche » dit David à son fils.

Celui-ci acquiesça. Jeremy vivait le moment pleinement. Il en avait presque oublié ses déboires. Il avait remarqué que les jeunes filles le regardaient avec insistance et ses beautés différentes, le troublait. Bien entendu, la France, terre de métissage par excellence, regorgeait de jeunes maghrébines et Jeremy était ami avec certaines cependant ces jeunes femmes là, vêtues de djellaba, couverte d'un voile les rendant mystérieuses, paraissaient réellement différentes.

Il aimait l'accent de Fatima et de Nora. Il trouvait admirable leurs façons de s'exprimer dans la langue de voltaire quand lui, avait eu toutes les peines du monde à obtenir une note convenable en Anglais lors du passage du baccalauréat.

David et Jeremy retrouvèrent Mustapha, qui dégustait un café fumant, attablé à la terrasse du bar tenu par son frère situé à quelques encablures de la médina. Ce dernier confia les clés de la fourgonnette à David. Jeremy déposa ses achats sur une des banquettes. Mus avala d'un trait son café encore chaud et rejoignit ses compères. David avait pris le volant.

- « Bon, on fait quoi ? » demanda Mus.
- « On rentre » répondit David.
- « Et demain, je pourrais quand même taper des balles ? » demanda Jeremy.
- « Bien sûr, il y a un practice dans chaque golf. Tu pourras même t'entrainer toute la journée si tu veux » répliqua son père.

Jeremy se vautra sur la banquette arrière. Il sortit machinalement son portefeuille, compta les quelques billets qu'il avait en sa possession donnés par sa mère avant son départ et les remit en place. Il observa une photographie d'Amandine placée dans une poche transparente et la sortit de son logement. Il brandit le bras et regardait son ex petite amie perchée au-dessus de sa tête. David observait son fils à l'aide du rétroviseur intérieur.

- « Tu me montres ta photo » demanda-t-il à son fils.

Jeremy tourna la tête dans sa direction et tendit le cliché vers son père qui l'attrapa. David hocha la tête de haut en bas en regardant la mignonne.

- « Belle fille ! » dit-il en s'arrêtant à un feu passé au rouge.

Jeremy laissa tomber sa tête sur la banquette et expira bruyamment en fixant le plafond de l'estafette.

- « Je fais que des conneries ! » lâcha-t-il.
- « Tu n'es pas différent des autres, fils. On en a tous fait. Il faut tomber pour savoir que ça fait mal mais rien n'est jamais perdu et parfois il nous faut perdre pour apprendre à gagner » lui répondit David.

Jeremy ne répondit pas, les yeux toujours rivés sur le plafond de la camionnette qui se faufilait entre les véhicules du centre-ville de Rabat. David lui retourna la photo. Jeremy la contempla à nouveau. Après quelques secondes, avec sa main droite, il la chiffonna et la transforma en une vulgaire boulette de papier qu'il laissa tomber sur le plancher.

- « Je m'en fous d'elle. C'est juste que je n'aie aucune idée sur ce que je dois faire de ma vie ! » observa Jeremy.

Il y eut un moment de silence malgré le brouhaha extérieur.

- « On va te prendre avec nous. Qu'est-ce que tu en penses Mus ? » dit David.
- « Pour faire quoi ? » demanda Mus.
- « Il pourrait conduire la camionnette, s'occuper des clubs. On va lui apprendre à jouer et il va nous filer un coup de main avec les groupes. » proposa David.
- « Salaire minimum ! » exigea Mus en souriant.
- « Qu'est-ce que tu en penses Jeremy ? » demanda David.

Le jeune reprit une place assise.

- « Marché conclu ! » lança-t-il en tendant sa main entre les deux associés.

David lui serra la main avec sa pogne droite tout en maintenant le cap avec la gauche. Jeremy remercia Mus, qui haussaient les épaules comme pour dire qu'il n'y était pour rien.

- « On ne gagne pas des millions tu sais ! Nous, on vit de notre passion, c'est déjà extraordinaire. Tu as ton permis ? » demanda David.
- « Oui bien sûr. Maman me l'a payé pour le bac » répondit Jeremy.
- « Alors c'est parfait. Bienvenu dans la troupe » lui dit son père.

Après plusieurs minutes, David arriva devant sa propriété. Il descendit de l'estafette et invita son fils à en faire autant.

Dehors, il demanda à Jeremy de prendre le volant et de reconduire Mustapha à son domicile.

- « Ton boulot commence maintenant » lui dit-il avant d'enchainer.
- « Tu déposes Mus et tu reviens. Tu descendras le matériel, à ranger dans le garage et tu viendras me voir pour que je te montre ce que tu dois faire »

Jeremy parut étonné par l'empressement de son père. Il joua le jeu et s'installa au volant. Un peu fébrile dans un premier temps, il se relâcha et arriva au domicile de son autre patron situé à quelques kilomètres.

- « Tu ne vas pas avoir besoin de la camionnette » lui demanda Jeremy, un peu gêné par la situation.
- « Au contraire, c'est ma femme qui va être contente de ne plus avoir cet encombrant véhicule dans notre allée. On a déjà un quatre-quatre qui prend pas mal de place, tu sais » répondit-il avant d'ouvrir la portière.
- « Tu vas savoir rentrer ? » demanda Mus.
- « Oui, pas de problème patron » répondit ironiquement Jeremy.

Jeremy ne possédait pas de véhicule. Il conduisait quelques fois la voiture de son beau-père mais se déplaçait la plupart du temps, à l'instar d'une majorité de parisien, en transport en commun. Curieux premier véhicule qu'une fourgonnette Renault trafic neuf places gris métallisé pensa-t-il.

Le véhicule était immobilisé devant le portail de la demeure familiale. Jeremy, au poste de pilotage, les mains toujours apposées sur le volant à dix heures, semblait perdu dans ses songes. Nora le remarqua alors qu'elle s'apprêtait à franchir le portail. Elle scruta dans sa direction, fit un grand sourire émaillé que lui rendit Jeremy, à demi conscient.

- « Tu ne rentres pas ? » lui demanda-t-elle.

Jeremy lui fit signe qu'il n'avait rien entendu. Nora s'approcha, ouvrit la portière côté passager et reposa la même question.

- « Monte si tu veux pour qu'on discute ! » lui proposa-t-il.
- « J'aimerai bien mais quelqu'un pourrait nous voir et… » avant d'être coupé.
- « Et alors ? » questionna l'audacieux.
- « Et dans mon pays, ça ne se fait pas. Tu peux me parler chez ma sœur, dans le salon ou si mon père le veut bien » répondit-elle.
- « Ton père ? » demanda-t-il en rigolant.
- « C'est notre tradition, notre culture. » lui dit-elle très sérieusement.
- « Moi, je voulais juste discuter un peu. Je ne vais pas te demander en mariage » rétorqua Jeremy.

Nora baissa la tête comme désarçonnée par la réponse du jeune homme. Jeremy comprit instantanément qu'il venait de lui manquer de respect et perdit de sa superbe.

- « Pourquoi, je ne suis pas assez bien pour toi ? » demanda Nora l'air navrée.
- « Euh non, enfin oui, tu es assez bien, mieux même mais… »

Nora se mit à pouffer de rire alors que Jeremy, livide, ne savait plus où se mettre. Il dévisageait la jeune ingénue qui osait se moquer de lui. Elle referma la portière de la camionnette et ouvrit le portillon de la demeure. Jeremy décida de ne pas en rester là et sortit du véhicule qu'il obtura d'un claquement de clé. Il rattrapa la donzelle qui empruntait l'allée et se plaça devant elle.

- « Je suis désolé si je t'ai manqué de respect » lui dit-il.
- « Non, ce n'est pas grave. On ne peut pas plaire à tout le monde » répondit-elle.
- « Mais non, pas du tout au contraire » insista-t-il.
- « Tu vois, je t'ai encore eu ! » assena-t-elle en riant à nouveau.

Jeremy sourit à son tour. La belle était joueuse et visiblement très rusée. Ses yeux scintillaient. Il y avait comme une sensation de pureté, une odeur virginale dans son regard et beaucoup de malice dans son sourire. L'ensemble créait un charme irrésistible qui troublait le jeune homme.
Nora le contourna et ouvrit la porte d'entrée. Jeremy entra en la suivant. David qui était dans le vestibule à proximité les vit apparaitre. Jeremy ferma la porte.

- « Tu as ramené le matériel ? » demanda-t-il à son fils.

Le jeune homme parut embarrassé et ressortit aussi vite qu'il était entré. David enfourcha ses tongs et le rejoignit à l'extérieur tandis que Nora embrassait sa sœur dans le couloir.

- « Tu en as mis du temps avant de rentrer » questionna David.
- « Excuse moi, j'étais dans la camionnette et, euh, enfin… » bafouilla Jeremy.
- « Elle te plait la petite Nora, on dirait » dit David en souriant.
- « Ouai mais… » répondit Jeremy sans avoir le temps de terminer sa phrase.
- « Exact il y a bien un mais ! Il y a tout un tas de règles à respecter avec une fille comme ça. Elle est vraiment super mais appartient à une religion que tu ne connais pas et il faut être musulman pour avoir le droit de la courtiser » dit le père coupé à son tour.
- « Mais je n'ai rien demandé moi. C'est elle qui est venu me parler. Vous êtes tous cinglé ici, ma parole ! » cria Jeremy.

David s'arrêta net. Il observa son fils et s'esclaffa. Jeremy se remit en marche et ouvrit le coffre de la camionnette d'où il extirpa deux sacs de golf. David qui l'avait rejoint en attrapa un alors que Jeremy enfilait les bretelles de l'autre.

- « On va nettoyer le matériel au garage et parler de ton job si tu veux » dit David à son fils.

Jeremy agrippa le sac plastique contenant ses frusques et referma le coffre du Trafic avant de rejoindre le garage.

David sortit un sac trépied un peu poussiéreux, contenant une série complète, d'un placard dans le réduit. Jeremy lavait les ustensiles de travail de ses patrons et frottait les faces des clubs, à l'aide d'une brosse à crin, énergiquement. David installa le sac à coté de Jeremy.

- « C'est mon ancienne série. Ils sont à toi. Cadeau ! Si tu arrives à jouer avec ce matériel, tu n'auras rien à craindre » dit David à son fils.

Jeremy fit un grand sourire et remercia son paternel. Il s'arrêta un instant de briquer les fers pour contempler l'offrande et se remit au travail après quelques secondes. David l'abandonna pour rejoindre sa moitié.

Le soir venu, Jeremy étendu sur son lit, cherchait à trouver le sommeil. Des petites balles blanches fusaient vers l'azur. Il s'imaginait au practice swinguer et entendait le son produit par la rencontre entre le club et la balle. Il se remémorait le visage malicieux de Nora. Il observait son père exécutant un swing si parfait qu'il déposait sa balle à quelques centimètres de sa cible comme un joueur de fléchettes. Toutes ces images se mêlaient aux paysages nouveaux qu'il avait enregistrés. La confusion était telle, qu'il ne parvenait pas à s'endormir.

Le vacarme de la rue n'était pas son premier allié dans cette quête. Intrigué, il ouvrit grand la fenêtre et se percha sur le rebord. La fraicheur était très relative. Des jeunes discutaient devant la maison d'en face, à peine éclairé par de timorés candélabres. Quelques véhicules allaient et venaient. Jeremy observait le ciel étoilé éclairci par une lune phosphorescente. Fatima s'approcha du palmier, dans le petit jardin, avec une chaise en plastique sur laquelle elle s'asseyait. Jeremy la surplombait.

- « Belle soirée » lança-t-il.
- « Tu m'as fait peur » répondit-elle en bondissant avant d'enchainer.
- « Qu'est-ce que tu fais là-haut ? »
- « Je respire Fatima, je respire » dit Jeremy.
- « Pourquoi tu ne respirais pas en France ? » demanda-t-elle étonnée par la réponse.
- « Mal, vraiment mal ! » répondit-il.
- « En tout cas, je suis contente que tu sois là » enchérit Fatima.
- « Et moi heureux d'être là et de vous connaitre » observa-t-il.
- « Descend nous rejoindre. Nora prépare une infusion avec des petits gâteaux secs » lui proposa-t-elle.
- « Si en plus, il y a Nora, alors j'arrive en courant » répondit le jeune homme en se gaussant.

Cette camomille noctambule s'harmonisait avec sa bonhommie retrouvée et endiguait une journée précieuse. Il eut une pensée pour sa mère, esseulée dans sa routine parisienne et qui manquait cette douce euphonie.

8

Jeremy s'était levé à l'aube pour préparer le matériel. Il avait éprouvé toutes les peines du monde pour trouver le sommeil et fut réveillé par des braillards sans éducation. Quitte à être debout, autant utiliser le temps utilement s'était-il dit. Aussi, il voulut avancer le travail dont il avait la charge en cette matinée nouvelle. Il fut surpris par Fatima et Nora, au moment où il descendit les escaliers. Les deux sœurs s'étaient rendues au salon pour effectuer la prière de Sobh comme chaque matin et remontait en silence, lorsqu'ils se rencontrèrent. Les yeux de Nora croisèrent ceux de Jeremy mais elle détourna vite le regard, par pudeur, en présence de sa sœur ainée. Jeremy sentait poindre un trouble. Il percevait à la fois de l'attirance ainsi qu'une admiration pour son éclat. A cela s'ajoutait une fascination saine et prude pour la pieuse musulmane candide. Dans le garage, il s'approcha du sac offert par son père et sortit de son, fourreau un fer qu'il observa. Il le plaça vers le sol et fit plusieurs swings à vide comme pour maintenir en veille ses nouvelles sensations. Cela le fit sourire naïvement. Il approcha le matériel de l'issue et ouvrit la porte. Il se rendit près de la camionnette qui sommeillait dans la rue poussiéreuse. Le jour pointait son nez. Le soleil orangé colorait les nimbus alors que le ciel pale émergeait. La fraicheur était palpable, néanmoins, Jeremy devinait la chaleur s'affirmer. Il agença le matériel dans le véhicule déjà prêt à partir et après s'être assis au poste de pilotage, retourna dans la maison s'apprêter.

A huit heures tapantes, le véhicule démarrait. Jeremy avait pris place à bord et tentait de déchiffrer la vieille carte Michelin du Maroc qu'il avait découvert dans le vide poche. Le moteur de la camionnette chauffait. David n'était toujours pas sorti et Jeremy s'impatientait. Deux pressions sur le klaxon, symbolisait son empressement. David apparut, enfin. Il arborait une tenue plus classique, tout de noir vêtu. Il fit signe à son fils de son étonnement en ouvrant ses deux mains, paumes vers le ciel. Jeremy mima le dénie.

- « Tout est là. Rien oublié ? » demanda David.
- « Tout est prêt, manque que Mus » répondit Jeremy.

Le trafic, échaudé par l'attente, démarra sur les chapeaux de roues. Quelques kilomètres plus loin, Jeremy joua à nouveau du klaxon. Mus sortit immédiatement. Lui était tout de blanc vêtu. Après une franche accolade, les trois compères prirent la route de Rabat où ils rejoignirent rapidement la villa des Belges. Ces derniers n'étaient pas au point de rendez-vous.

David sortit du véhicule et appuya sur la sonnette placée à l'entrée de la propriété.
Sans réponse, il insista.

Une jeune femme sensuelle aux courbes harmonieuses apparue sur le balcon au premier étage. Simplement vêtue d'un string brésilien rouge et du soutien-gorge assorti, les cheveux en bataille, elle harangua David.

- « Qu'est-ce que vous voulez à cette heure ? »
- « On a rendez-vous. Où est Monsieur Vermeulen ? » questionna David.
- « Il est là mais il dort. Attendez, je vais voir » dit la jeune femme avant de disparaitre.

David remonta dans la camionnette où Mus était étendu. Jeremy, les mains sur le volant, observait son père s'amuser de la situation. Il restait sans voix.

- « Ne t'inquiète pas petit. C'est toujours comme ça avec ces mecs-là. Ils font la fête, baise tout ce qui bouge et le lendemain, ils sont hors service. Cependant, ils finissent toujours par arriver. » dit Mustapha encore allongé sur le premier siège.
- « Donc on fait quoi ? » demanda Jeremy intrigué.
- « On les attend pardi ! C'est notre business » lança David.

Le ton particulièrement virulent avait attiédi les ardeurs de Jeremy. Le silence s'installa. Dix minutes plus tard, le téléphone de David se mit à chanter. Il répondit sans s'éterniser, raccrocha et descendit de la camionnette.

- « Ben qu'est-ce que vous foutez ? Je ne vais pas y aller tout seul » cria-t-il sur le trottoir à l'attention de ses deux compères.

Surpris, Jeremy descendit sans se faire prier alors que Mustapha demeurait vautré sur la banquette arrière.

- « Allez-y tous les deux. Je reste avec le matos « lança-t-il.
- « Qu'est-ce que tu veux qui lui arrive au matos, tu as vu le quartier ? Pas de criminel ici. Tu es vraiment un fainéant ! » répondit David.

David appuya sur l'interrupteur de l'interphone placé à droite du portail. La porte en fer forgé se déverrouilla instantanément. Il paraissait connaitre les lieux. La bâtisse était très volumineuse sur deux niveaux. Une grande terrasse encerclait le premier étage. David emprunta un corridor à ciel ouvert entre la villa et le garage. Des dalles gravillonnées mal calées, frangées de chiendents et de petits cailloux indiquaient la direction à suivre. L'entonnoir débouchait sur une fabuleuse piscine chauffée et son pool house. Jeremy esquissa un rictus à la vue de cette luxure. Trois naïades en bikini barbotaient dans l'eau cristalline. Deux autres, étaient allongées sur des transats avec de grosses lunettes aux verres teintés. Des cadavres de bouteilles jonchaient le dallage en pierres cassées traditionnel. La piscine faisait face à la maison, simplement entrecoupée par

une terrasse en tek. L'immense baie vitrée large de huit mètres éventrait le rez de chaussée.
David fit un salut de la main aux trois belges attablés près de l'issue. Ils déjeunaient sans se presser, servis par une amazone à moitié nue. Jeremy ne savait plus où donner de la tête. Le tableau ressemblait à un vieux film mafieux et dans le rôle des caïds, les quinquagénaires belges ventripotents.

- « Alors, grosse fiesta ? » demanda David.
- « On peut même dire orgie » répondit Vermeulen avec son accent prononcé.
- « Faites gaffe quand même, ce sont des gamines » lança David.
- « Bah, ce n'est pas ce qu'on a vu cette nuit. C'étaient plutôt des tigresses affamées » rétorqua le belge en s'esclaffant.

Les cernes accentuées et gonflées sous ses yeux rougis indiquaient une forme physique aléatoire. Jeremy observait ce petit manège, appuyé contre une des vitres coulissantes. Le contraste entre les chastes religieuses et ces poupées sexuelles semblait le décontenancer.

- « Prend un café avec nous ! » proposa Vermeulen à David.

Ce dernier accepta et prit place à leurs côtés. Il fit signe de la tête à Jeremy pour qu'il les rejoigne. Le fils rallia le père. Une des naïades, la peau brune ruisselante simplement couverte d'une serviette de bain attachée à la taille comme un paréo pénétra dans la villa en provenance de la piscine. Elle frôla Jeremy en lui lançant un regard provocateur.

- « Tu veux en croquer une ? » demanda Vermeulen à Jeremy.

Un brin hésitant, il réfléchit.

« En fait, j'ai plutôt envie d'aller jouer au golf » dit-il.

Vermeulen parut surpris par la réponse et se figea quelques secondes avant de s'esclaffer. L'hilarité communicative se propagea dans la pièce comme une contagion au point de tirer quelques larmes de bonheur dans le coin des yeux du belge.

- « Tu as raison, gamin, on est ici pour ça ! » lança Vermeulen.

David apprécia. La belle nymphe faisait mine de ne pas avoir entendue. Jeremy la regardait se pavaner avec une indolence bien légitime au regard de sa nuit passée. David semblait immunisé contre ces poupées. Son faciès restait de marbre, insensible à l'irrésistible. Les belges prirent congés et allèrent se préparer tandis que père et fils patientait.

- « Comment tu fais pour résister ? » demanda Jeremy à son père.
- « Moi, je vois un vivier de crotale. Ces nanas, ce sont des emmerdes garantis. Je suis marié à une

femme géniale. Ne pas faire ce que tu n'aimerais pas qu'on te fasse ! C'est ma devise » répondit David.

- « Et tu n'as jamais eu envie ? » questionna Jeremy.
- « Change de sujet ! ces gamines, elles ne savent pas ce qu'elles font. Pour nous, c'est Shuma, tu sais » répondit David avec virulence.
- « Shuma, c'est quoi déjà ? » interrogea Jeremy.
- « La honte, fils ! La honte ! Ici, c'est une terre musulmane. Dans un autre temps, ces filles auraient été lapidées. Dans certains pays, elles seraient exécutées mais aujourd'hui tout le monde ferme les yeux et notre beau pays se transforme en une Thaïlande du Maghreb » se lamenta-t-il.

La jeune femme à proximité, ayant entendu la conversation s'approcha de David.

- « Facile pour vous de parler comme ça, vous êtes riche » lança-t-elle en direction des deux hommes.

David ne répondit pas alors que Jeremy semblait embarrassé par la situation.

- « Si vous voulez savoir, c'est mon frère qui me fait faire ça ! Chez nous, on doit rentrer avec de l'argent sinon les frères nous battent. J'ai le choix entre de la tendresse de gros porcs d'Européens ou les coups de mon propre frère. » renchérit-elle l'air méprisante.

Jeremy changea de couleur. La mine déconfite, il ne broncha pas, comme fasciné par le destin tragique de cette beauté orientale soumise comme une esclave. David paraissait imperturbable et gardait son aplomb. La belle dévoyée disparut alors que les belges, enfin prêt, réapparurent.

9

Le groupe était sur le parcours de Mohammedia. Jeremy avait décidé de rester sur le practice pour frapper le plus de balles possibles. L'épisode dans la villa des belges l'avait touché au point qu'il repensait à la pauvre fille tyrannisée par sa propre famille. Cela relativisait sa propre condition. Lui qui s'était senti tellement malheureux lors de sa rupture au point d'envisager l'impensable, lui qui pensait sa vie sans intérêt alors qu'il possédait la liberté, comprenait à présent le sens du mot maturité, si cher à son ex petite amie. L'étendue olivâtre devant lui, couchée sous l'espace turquoise lui offrait plénitude et décontraction. Les mains fixées sur le grip, il swinguait et observait ses balles disparaitre vers l'horizon. Un professionnel du club vint le voir. Il avait discuté longuement avec David et Mus durant l'échauffement des belges. Jeremy avait observé ce père qu'il aurait tellement aimé connaitre plus tôt. Le pro se prénommait Rachid, avait une quarantaine d'années, un léger embonpoint ainsi qu'une calvitie avancée. Il proposa au jeune homme son aide.

- « Je n'ai pas d'argent avec moi » dit Jeremy.
- « Pas nécessaire, c'est David qui m'a demandé de t'aider, enfin si tu en éprouves le besoin ! » rétorqua-t-il.
- « Alors oui super ! Comment on s'y prend ? » demanda Jeremy.
- « Je te regarde depuis tout à l'heure et c'est bien ce que tu fais mais je trouve ton swing trop vertical et je pense que tu serres trop fort le grip » dit Rachid.

Jeremy qui s'apprêtait à mettre une bonne claque à la balle sise devant lui se releva et tendit l'oreille.

- « Non, non, vas-y au contraire » lui dit Rachid comme pour mieux vérifier sa théorie.

Jeremy, troublé, par ces remarques, se plaça devant la balle et comme par défi frappa de toutes ses forces. Le contact balle club produisit une sonorité très grave et le divot arraché avait la taille d'une brique en terre cuite. La trajectoire de la balle fut rasante et n'atterrit qu'à quelques dizaines de mètres devant. Jeremy reprit du seau une autre balle et refrappa immédiatement. La balle s'envola mais prit un effet slicé très prononcée.

- « Ben, je ne comprends pas depuis tout à l'heure, je ne frappe que des bonnes balles et là, vous venez et plus rien ! » dit le jeune homme décontenancé.
- « Alors, c'est ma faute ? » lui répondit Rachid.
- « Non, non, bien sûr ! » acquiesça Jeremy.
- Tends-moi ton club » lui demanda Rachid en s'approchant.

Jeremy attrapa la face du club et tendit le grip au pro.

- « Non, de l'autre côté. Garde le grip en main » lui demanda Rachid.

Jeremy prit le grip en main en tendit le club jusqu'à le pointer vers l'abdomen de Rachid.

- « Ok. Prend ton grip normal comme si tu voulais frapper la balle »

Encore une fois, Jeremy obtempéra et à nouveau pointa le club comme une épée vers son assaillant. Rachid attrapa la face du club qu'il tira vers lui. Les mains de Jeremy se crispèrent sur le manche.

- « Tu sens comme tes mains sont serrées sur le grip ? » demanda Rachid.
- « Ah oui, c'est sûr » lui dit Jeremy.
- « Maintenant relâche les, le plus possible, comme si tu tenais la main d'un bébé qui vient de naître. Tu ne serres quasiment pas, tu tiens simplement » demanda Rachid.

Jeremy ne comprenait pas où voulait en venir le professionnel et sa mine interrogative en disait long sur sa curiosité. Rachid prit à nouveau la face du club dans les mains et le hala vers lui à nouveau. Jeremy qui maintenait le club entre ses mains plus souplement sentit ses bras s'allonger vers le pro comme un ressort se distend.

- « Tu n'as pas lâché le club n'est-ce pas ? » demanda Rachid.
- « Non effectivement ! » répondit Jeremy.
- « Pourtant tes mains étaient juste légèrement posées sur le grip, n'est-ce pas ? » interrogea Rachid.
- « C'est vrai » lui dit Jeremy.
- « Voilà comment tu dois tenir ton club et cela pour plusieurs raisons, notamment parce que cela libère tes poignets et en libérant tes poignets, tu libère tes épaules, tes hanches enfin tout ton corps, tu comprends ? » demanda Rachid.
- « Oui, je crois » dit Jeremy l'air hagard.
- « La preuve, c'est que tes bras ont suivi. En gros cela veut dire que si tu swingue comme ça, tes bras finiront enroulés autour de ton cou. Donc remet toi devant la balle et frappe là avec tes mains tenant un nourrisson » exigea le pro.

Jeremy se plaça devant la balle qu'il venait de sortir de son seau, plaça le club et fit un back swing qu'il tenta de contrôler avant de s'arrêter.

- « Pourquoi tu n'as pas frappé ? » demanda Rachid.

- « Parce que j'ai senti mes mains se raidir quand je montais » lui répondit Jeremy.
- « C'est magnifique comme réponse. Cela veut dire que tu comprends ce que je t'ai demandé, cela veut dire que tu ressens le club. J'ai bon espoir pour toi » dit-il.

Jeremy s'exerça à nouveau en essayant de décrisper ses mains et d'un coup, frappa une balle qui décolla comme une fusée. Les sourcils de Jeremy firent un bond de quelques centimètres en direction du crane tant il fut étonné par la portée de son lancer. Il tourna la tête vers la gauche où se trouvait Rachid qui lui aussi fut soufflé par la longueur du coup. Le bedonnant pro lui fit un clin d'œil approbatif et Jeremy expérimenta à nouveau avec une réussite similaire. Le contact de balle avait une sonorité stridente bien plus jouissive.

- « Tu sais, tu joues avec des clubs qui sont vraiment durs à jouer » lui dit Rachid.
- « Oui David m'a dit que si je pouvais les jouer, il ne pouvait rien m'arriver » rétorqua Jeremy.
- « Les MP soixante-trois de chez Mizuno, c'est comme une Ferrari mais avec une direction non assistée. Tu n'as pas trop le droit à l'erreur » enchérit Rachid.
- « Je peux te poser une question ? » demanda Jeremy.

Rachid hocha la tête.

- « Tu m'as dit que j'avais un swing trop vertical tout à l'heure. Qu'est-ce que tu as voulu dire par là ? » demanda Jeremy.

Rachid sourit.

- « Prends ton club et suis-moi » demanda-t-il.
- « Je laisse tout là ? » questionna Jeremy.
- « Oui, on ne va pas loin » dit Rachid.

Jeremy suivit le pro qui se dirigeait vers l'autre extrémité du practice. Un étrange appareil en acier tubulaire ressemblant à une cage arrondie était placé près de la zone d'approche. Rachid s'installa dessous et caressa les parois.

- « La machine à swing » dit-il en souriant.
- « Comment ça marche ? » demanda Jeremy intrigué.

Rachid prit le club des mains de Jeremy, se plaça au centre de la cage et démarra son back swing en collant le shaft du club contre la paroi arrondie. Jeremy observait, méduser. Puis Rachid fit son swing lentement en obligeant le club à suivre les parois de cette étrange machine, dans un crissement aigu.

- « Voilà la bonne ligne de swing. Ni trop haut, ni trop à plat. Place toi dessous et emmagasine toutes les sensations possibles » demanda Rachid.

Jeremy se mit en place et commença à swinguer le long des parois métalliques. Il sentit un angle différent, un peu plus à quarante-cinq degrés. Il continua l'exercice en fermant les yeux comme pour s'imprégner le plus possible de ces nouvelles sensations. Rachid vint lui bloquer la hanche droite qui s'échappait un peu au back swing, en se plaçant accroupi derrière lui. Jeremy swinguait encore et encore comme dans un ballet acoustique ferrailleux. Après quelques instants, il se libera de l'appareil et swingua d'une manière identique, dans le vide. Il fermait les yeux à la recherche de cette sensation. A nouveau, il s'installa sous l'appareillage et reprit ses enchaînements sous les yeux admiratifs de Rachid.

Le coup de foudre pour ce sport avait été instantané. Dès la première minute où il avait arpenté le parcours avec son père, lancé son premier swing en solo au practice, il avait compris que plus rien ne serait identique. Ce voyage lui avait fait comprendre qui il était et ces quelques jours lui avait été plus utile que tous les cours reçus au lycée. La vraie vie était là. Les gens devaient se battre pour survivre, lui se sentait investit d'une mission. Il voulait être joueur de golf, enfin pour le moment !
Etant depuis toujours en situation d'échec malgré un baccalauréat en poche, Jeremy attendait un signe du destin et ce père inattendu dans ce pays inconnu, l'était. Il voulait lui ressembler et frapper des balles droites comme des lignes. Ressentir la toute-puissance sur un coup bien contacté, enthousiasmer ses compagnons de jeu futur par sa stratégie mais avant tout, il voulait réussir pour lui, pour son estime de soi, parce que c'était le bon moment.

Jeremy sortit de l'emplacement avec un regard emplit de détermination et fonça vers l'autre bout du practice retrouver son emplacement. Calmement, il prit posture devant la balle, plaça délicatement son fer sept, ferma les yeux pour trouver un semblant de paix intérieur et soudainement, commença une rotation des hanches. Son buste se tordit à quatre-vingt-dix degrés alors que ses mains dépassaient du haut de sa tête. Le bras gauche tendu comme une planche en chêne massif, la main parfaitement alignée sur le bras, le coude droit formant un angle parfait avec le gazon, la posture comme sortie d'un livre d'enseignement, Jeremy déclencha la catapulte. Le swing fut une merveille de fluidité et la balle explosa littéralement à l'impact sous les yeux ébahis de Rachid qui l'avait suivi. La balle qui avait décollé vers les cieux, comme un avion supersonique, finit par atterrir entre le panneau des cent cinquante mètres et celui des deux cent mètres. Jeremy se retourna et aperçu les deux pouces en l'air de son entraineur provisoire et providentiel. Le cœur du jeune homme frémissait et la sensation de plus en plus savoureuse lui manquait déjà. Comme une drogue, il lui fallait se rassasier. Jeremy vida alors son seau comme une mitraillette décharge ses cartouches. Rachid était resté assister au spectacle qu'il avait par ailleurs apprécié. Le gamin ayant à peine fini, saisit son seau vide dans l'espoir de le remplir et de recommencer un bombardement en règle. Rachid l'arrêta.

- « Ce n'est pas une bonne méthode. Tu dois alterner comme sur le parcours » lui dit-il.
- « Que veux-tu dire ? » lui demanda Jeremy.

- « Eh bien, tu joues un coup de départ, une approche, parfois un chip et un ou deux putts donc après avoir vidé ton seau, tu enchaine une série de chip puis une série de putt avant de recommencer un cycle si tu le désire » lui expliqua-t-il.
- « OK. Tu me montres quoi maintenant ? » demanda-t-il.
- « Essayons les chip courts en bord de green » lui proposa-t-il.

Jeremy agrippa son sac et prit la direction de la zone d'approche. Au passage, il acheta un seau de balle au préposé. A proximité de la zone, il déposa son sac trépied qui se déplia automatiquement. Rachid lui demanda d'en extirper un sandwedge. Jeremy obéit.

- « Alors voilà, notre sport se décompose en plusieurs secteurs. Le grand jeu, le petit jeu, les coups spéciaux et le putting. Taper la balle loin, c'est bien mais si tu perds tout cet avantage parce que tu es incapable d'entrer un chip ou un putt, cela n'aura servi à rien, n'est-ce pas ? » dit Rachid.
- « Oui surement mais plus on est près plus c'est facile ! » répondit Jeremy.
- « Les pros et les bons joueurs passent deux fois plus de temps à s'entrainer au petit jeu qu'au grand donc non, je ne crois pas ! Le plus compliqué, c'est le petit jeu. Comprends ! Au grand jeu, ta balle peut avoir des écarts de plusieurs mètres et être jouable facilement. Au petit jeu, les écarts se réduisent à

quelques centimètres pour les approches et à zéro pour les putts » expliqua-t-il.

- « C'est sûr, vu sous cet angle ! » acquiesça Jeremy.
- « Ok, tu vois le drapeau donc là on est à quinze mètre environ, prends ton wedge et dépose la balle à moins d'un mètre du trou » demanda Rachid.

La zone d'approche se situait à proximité du practice. Elle se résumait en un green mal tondu avec un trou au centre duquel dépassait un drapeau défraichi. Quelques palmiers espacés enserraient la zone étendue.
Jeremy fit basculer le seau qui déversa son contenu désordonnément. Il attrapa une balle à l'aide de son wedge, se plaça comme il lui semblait bon et frappa la balle qui survola en rase-motte le green avant de disparaitre dans des buissons bien plus loin. Cela le fit sourire et il recommença avec une autre balle à la demande du pro. Il essayait de se concentrer et de maitriser son geste. Il swingua et s'arrêta dès le contact, en conséquence de quoi, la balle ne fit que quelques mètres et stoppa sa course bien avant l'objectif.

- « Tu comprends ce que j'ai voulu dire ? » demanda Rachid.

Jeremy l'admit par un signe de la tête évocateur. Rachid s'approcha de Jeremy, lui prit des mains son wedge et lui montra la position à l'adresse. La balle se trouvait plus en retrait vers le pied droit, ce qui donnait l'impression que les mains étaient bien trop en avant du corps. Le mouvement s'appliquait avec moins de rotation et beaucoup de relâchement. Le finish devait être très prononcé, voir exagéré et les mains, positionnées très bas sur le grip. Rachid déposait chaque balle à proximité du trou en répétant ses mots avant, pendant et après chaque swing. Jeremy imprima et réessaya. Dès le premier essai, il réussissait.

- « Y'a pas à dire, tu es doué toi » lui lança Rachid avant d'enchainer.
- « Ton père m'a dit que tu étais débutant mais tu as commencé quand exactement ? » demanda-t-il.
- « C'est la deuxième fois que je viens, mon deuxième jour quoi » répondit-il.

Rachid écarquilla les yeux. Aucun mot ne sortit de son gosier stupéfait. Il prit une mine dubitative.

- « Ça doit être génétique » finit-il par dire en marmonnant.

Jeremy s'était remis au travail et enchainait les chips régulièrement placés près du mât. Il alla ramasser les balles, une fois le seau vide et recommença l'exercice à plusieurs reprises avant que Rachid n'intervienne à nouveau.

- « Super boulot petit maintenant allons putter un peu » lui dit-il.

Jeremy s'harnacha et l'équipée arriva sur le putting green à proximité du club house blanc comme une hacienda. Putter en mains, trois balles devant lui posé à cinq mètres d'un trou désigné par Rachid, il essaya. La première, partit rapidement mais entra néanmoins, ce qui ravit Jeremy. En revanche les deuxième et troisième balles s'enfuirent loin de la cible. Rachid intervint.

- « Plus que jamais la technique au putting est importante. Tu dois dans un premier temps définir la ligne à suivre en te plaçant environ trois mètres derrière la balle en regardant le trou, ok ! » dit-il.
- « Ok » répondit Jeremy en observant son nouveau maitre qui mimait la routine.
- « Ensuite, tu dois avoir un placement parfaitement aligné avec ton objectif donc ta ligne et le mouvement doit être parfaitement à plat » montra-t-il en caricaturant le geste à produire.
- « Pour ça, tes coudes et tes mains doivent rester en contact. Tes yeux doivent être, juste au-dessus de la balle. Le mieux s'est de mettre un peu plus de poids sur le pied gauche en direction du trou, ça évite les grattes et là, tu dois doser comme il faut » dit-il avant de putter et d'enquiller en plein centre du trou.

Jeremy partit chercher les balles, qu'il ramena au point de départ et enserra le putter paternel, type maillet de chez Mizuno. Il s'entraina dans le vide comme pour trouver une sensation qui le mettrait à l'aise et bientôt se redressa.

- « Je ne sens rien » lança-t-il à l'attention de Rachid.

- « Putt, essaye, innove mais garde tes yeux sur la balle, face de club à plat et mon conseil, concentre soixante-dix pour cent de ton appui sur le grip, rien que sur ton pouce gauche, cela bloquera ton poignet et la balle ira où tu as visé » expliqua Rachid.

Jeremy reprit position et essaya sans grand succès dans un premier temps. Rachid le quitta à l'arrivée d'un client avec qui il avait rendez-vous.

Un joueur arriva sur le putting green et jeta quelques balles. Jeremy stoppa son entrainement quelques instants et l'observait discrètement. L'homme effectuait quelques exercices qui lui parurent intéressant et ludiques. Il plaçait quatre balles à un mètre autour du trou et les rentraient. Puis quatre balles à deux mètres et cherchait à en faire rentrer trois. Puis à trois mètres, deux devaient rentrer et à quatre mètres une. Jeremy observait sa posture qui était bien différente de celle qu'indiquait Rachid, preuve qu'au putting ne comptait que les sensations. Fort de ces données nouvelles, Jeremy se remit au travail. La balle semblait vouloir passer à gauche de la cible ce qui agaçait Jeremy alors que l'homme enfilait ses putts comme des perles. Jeremy s'immobilisa et tenta de décortiquer le geste de cet inconnu précis. Tout d'abord il remarqua que l'homme avait l'épaule droite plus basse que la gauche. Ensuite, il perçut clairement que sa tête restait fixée vers le sol bien après que la balle ait été tirée. En dernier lieu, la balle semblait placée un peu plus sur le pied gauche qui s'ouvrait en direction de la cible. Sans balle comme un mime, Jeremy tenta de reproduire ce qu'il venait de voir. Cela fonctionnait. Le dosage semblait particulièrement difficile à maitriser. Après de longues minutes, il repartit au practice, acheta un seau de balle et recommença un nouveau cycle.

10

David rentrait avec les belges suivit par Mus. Cinq heures s'étaient écoulées sans que Jeremy ne s'en aperçoive. L'apprenti se trouvait au practice répétant inlassablement les exercices qu'on venait de lui enseigner. David n'apercevant pas son rejeton au club house, ni près du caddy master, abandonna ses clients quelques instants. Il arriva près du practice où il aperçut le jeune homme, club en main.

- « On avait un accord fils ! » dit-il.

Le jeune homme releva la tête, haussa les sourcils en croisant le regard de son père, observa sa montre et rangea à la hâte son outillage dans son sac trépied. Cela amusa David qui patientait en pied de grue.

- « Je suis désolé, je n'ai pas vu le temps passé » dit le jeune homme avant de filer vers le club house.

Rachid, qui avait observé la scène, s'approcha de David.

- « Franchement, il est impressionnant ce gamin » lui dit-il.

David hocha la tête en signe d'approbation, tout en regardant Jeremy détaler vers le club house comme s'il allait rater son train.

- « Euh, impressionnant de quoi ? » questionna David, en reprenant ses esprits.
- « Ben, il comprend tout ce qu'on lui demande, il le fait bien et j'ai rarement vu autant de puissance chez un débutant » répondit Rachid.
- « Ah oui ? Il a fait un bon entrainement ? » interrogea David.
- « Ça c'est sûr. Ce gamin, il est fait pour ça ! Il a déjà un niveau incroyable, tout en fluidité. Il y a quelque chose à faire, walah » lança Rachid.

Cela interloqua David car Rachid était réputé pour son extrême rigueur. Technicien toujours à la recherche du swing authentique, avare en compliment, il ne coachait que des joueurs de haut niveau, tous perfectionniste à l'extrême.

- « Il part de trop loin, tu le sais bien. Il faut 20 ans pour être performant » avant d'être coupé.

- « Non, non, non. Je te le dis ce gamin il a quelque chose. Mon instinct me le dit, je le sens. Il s'est passé quelque chose » insista Rachid.

David, dubitatif, ne répondit pas.

- « Il peut peut-être faire ce qu'on n'a pas réussi » catapulta Rachid.
- « Non mais tu es sérieux là ? On parle d'un gamin qui joue depuis deux jours et encore ! » houspilla David.
- « Moi, je te le dis c'est un diamant brut à façonner. Julien Quesne a bien débuter à seize ans et a gagné sur le tour Européen ! Ton gosse me fait penser à lui mais en mieux encore, ce qui est presque impossible c'est vrai mais... »
- « Rachid merci, on va y aller cool avec lui. Je vais le laisser vivre et puis on va voir, c'est bien trop tôt pour parler d'avenir » dit David pour clore la discussion.

Rachid n'insista pas et les deux hommes s'étreignirent. En partant, David se retourna après quelques mètres et constata que Rachid était resté comme pétrifié sur place, le regard vide fixé dans sa direction. Troublant cet emballement soudain pour un débutant pensa David qui repris son chemin sans s'immobiliser.

Au bar du club house, il retrouva ses compères qui ne l'avaient pas attendu pour commander leurs récompenses. Les belges, trinquaient bruyamment. Leurs chopes cliquaient comme des cloches stridentes dans une allégresse prédisant une nouvelle soirée orgiaque.

- « Jeremy n'est pas là ? » demanda David.
- « Ton gamin est en train de briquer nos clubs comme un forcené » dit Vermeulen en s'esclaffant.

Mus était hilare et de connivence avec les wallons qui engloutissaient leurs bières ambrées en s'enduisant au passage, les moustaches d'écumes maltées.
David tourna les talons et pris la direction du caddy master. Jeremy se trouvait devant l'entrée de l'entrepôt où il s'évertuait à briquer les clubs alignés méticuleusement.
David s'immobilisa juste devant lui.

- « Tu mets du cœur à l'ouvrage » lança-t-il au jeune homme qui ne broncha pas.

Jeremy continuait de frotter frénétiquement.

- « Dis, ce n'est pas ce qu'on te demande, tu sais » dit David les yeux légèrement embués par une forme de fierté jusque-là inconnue.

Jeremy leva les yeux en continuant d'astiquer.

- « On n'est pas en vacances mais ça reste bon enfant, en tout cas cette semaine » dit David en souriant.
- « C'est que j'adore ça ! » répliqua Jeremy.

- « Quoi, tu adores briquer des clubs ou des godasses ? » questionna son père.
- « Mais non. J'adore ce job. Le golf, être là avec toi, au soleil. Je ne sais pas, il y a un truc qui s'est éclairé à l'intérieur de moi. Comme une... »

Jeremy se figea net, les yeux dans le vide à la recherche du mot adapté.

- « Evidence ! » assena-t-il après quelques secondes.
- « Toi aussi tu t'y mets. Vous êtes marrant tous les deux ! » lança David avant de rebrousser chemin.

Jeremy écarquillait les yeux dubitativement et alors que son père s'éloignait, rétorqua.

- « Quel deux ? De qui tu parles ? Je n'ai rien compris »

Le père sans se retourner.

- « Rachid est venu me parler tout à l'heure. Vous êtes de mèche tous les deux, c'est clair ! » dit-il en continuant son chemin.

Jeremy se redressa et accourra auprès de David. En lui attrapant le bras comme pour le retenir, il questionna.

- « Rachid ? Mais qu'est-ce qu'il a bien pu te dire ? »

- « Le mec sous-entend que tu pourrais être un futur champion » dit David.
- « Papa... » lança du cœur Jeremy avant de s'interrompre.

David se figea illico. L'épiderme se glaça, les poils se dressèrent. L'émotion inattendue le désarmait.

- « Je ne sais pas. C'est comme si je le savais déjà C'est ce que je veux faire et j'y passerais le temps qu'il faut » dit Jeremy avec assurance.
- « Franchement, c'est super ! » répondit David avant d'enchainer.
- « Cela étant, mon premier sentiment est de te dire de ne pas trop t'emballer quand même. Entraine-toi, amuse-toi, bosse avec nous dans la bonne humeur et on en saura beaucoup plus en Janvier. » enchérit-il.
- « Pourquoi Janvier ? « Demanda Jeremy.
- « Parce que c'est à ce moment qu'ont lieu les premières compétitions, ici pour les marocains et les expatriés. Demain c'est académie à Rabat. Tu vas apprendre l'étiquette et tous ce que tu dois savoir sur ce sport. » répondit David.

La réponse contenta Jeremy qui abandonna la prise d'avant-bras du nouveau paternel.
David souriait à nouveau et sans mot dire, reprit son chemin en direction du club house.
De Jeremy, émanait une sérénité presque nouvelle.

Joyeusement, il retourna à sa vaisselle ferreuse. Il essuya chaque club en prenant soin qu'il ne reste aucune trace comme des couverts argentés dans un restaurant de prestige. Chaque club rangé précisément dans chaque sacs, obturés par des chaussettes numérotées. Toutes les balles furent lavées également. S'en suivit le chargement de tous ce package dans le trafic garé sur le parking de l'entrée, compartimenté précisément comme s'il voulait qu'on lui reconnaisse un talent indispensable.
Une partie du job était accompli. Aussi, il se pressa de rejoindre la cohorte au club house.
L'ambiance était à la fête. Les belges étaient franchouillards et forts en gueules. Ils riaient bruyamment. L'attablé ressemblait à un buffet de gaulois d'une célèbre bande dessinée.

- « Ben te v'là gamin. Tu nous les as repeints les clubs ? » lança l'un des belges pendant que les autres se gaussaient.

Jeremy souriait pour donner le change en acquiesçant du visage.

- « Allez viens boire une bière avec nous » lança Vermeulen.

David intervint à ce moment comme pour le protéger.

- « Non pas d'alcool. C'est notre chauffeur officiel mais il peut prendre ce qu'il veut d'autre » ajoutant un clin d'œil dissimulé en direction de son fils.

- « Sage décision » reconnut l'un des belges à proximité.
- « Il fait partie du team et ça va nous décharger d'un certain poids n'est-ce pas mus ? » lança David.
- « Si en plus, il brique les clubs, ça va aussi rajouter une prestation » répondit l'associé.
- « Mais tu as raison ! » renchérit l'un des belges en se redressant.

Le wallon ventripotent s'empressa de sortir son portefeuille de sa fouille d'où il extirpa un billet de 200 dirhams qu'il tendit à Jeremy.
Confus, Jeremy hésitait à le saisir alors que l'ensemble des belges se levaient également pour imiter leur compagnon.

- « Allez gamin prends les ! » demanda l'un des belges.

Jeremy chercha l'approbation de David qui hocha la tête de haut en bas.
Jeremy ramassa le pactole comme on empoche une mise gagnante au poker et annonça à son tour.

- « Du coup, la prochaine tournée est pour moi »

Les belges éclatèrent de rire. Mus et David se regardèrent approbatifs. Le gamin était doué, cela ne faisait aucun doute.

11

Un tout nouveau groupe était arrivé en provenance de France. Un site spécialisé de renommée s'était associé pour la partie technique avec l'académie dirigé par David. Ce site nommé « première classe golf & hôtel » proposait des stages carte verte en une semaine ainsi que des stages performances. David qui possédait un brevet d'état français et marocain pouvait valider à l'issu de ses stages, les cartes vertes des futurs joueurs français et marocains.
Le groupe était composé de sept personnes venant de tous les coins de France. Chaque membre était logé dans le prestigieux hôtel villa Diyafa & Spa. L'hôtel, cinq étoiles se situait à moins de cinq kilomètres du golf, ce qui facilitait les déplacements de chacun. Une navette était mise en place et attribuée exclusivement au groupe 24h/24, mené par un accompagnateur directement venu de France avec le groupe. Pris en main au salon VIP royal air Maroc zénith Lounge, il serait leur guide et

chauffeur sept jours durant. Son autre mission étant de satisfaire tous les désirs de ses prestigieux clients.

Rendez-vous était pris sur le parking du club house de Dar es-Salam pour neuf heures tapantes. Arrivés avec quinze minutes d'avance, David, Mus et Jeremy poireautaient.
Deux couples de jeunes retraités, un couple âgé d'une cinquantaine d'année et un homme seul Mid Age composait le groupe de la semaine.
Pour les trois couples, ils s'agissaient de démarrer une activité en commun. Pour l'homme seul, en pleine force de l'âge, l'objectif était d'obtenir sa carte verte rapidement.
Jeremy observait ses ainés prendre en main leurs compatriotes.
David serra la main de l'accompagnateur et pris la parole.

- « Bonjour à tous et bienvenue sur le golf de Rabat dar es Salam. J'espère que vous avez fait bon voyage. Je suis David votre enseignant et principal interlocuteur. A mes côtés pour l'enseignement, il y aura Mustapha qui est diplômé du premier degré d'enseignant et Jeremy mon fils qui nous accompagnera tout au long de la semaine. Avant de démarrer et pour faire un peu connaissance, nous allons nous diriger vers la salle de restaurant du club house où nous prendrons une petite collation. »

Mus tendit le bras comme une invitation à le suivre et avança tel un chef de meute vers le club house. David demanda à Jeremy de charger dans la voiturette les sacs de golf du groupe

et de les disposer à l'emplacement réserver à l'enseignement sur le practice.
Le garçon exécuta les ordres tel un soldat aguerri avec la complicité de Christophe, le guide du groupe.

- « Ça a l'air sympa ton job ! » lança Jeremy au guide.

Alors qu'il tendait un sac, extirpé de son estafette, en direction de Jeremy, il releva les yeux et répondit.

- « Bah, faut aimer les voyages, aimer être seul, servir de larbin... Si tu aimes tout ça, alors oui, c'est sympa ! »

Ce n'était assurément pas la réponse attendue.

- « Là, franchement, ça va, il y a trois couples d'anciens mais parfois les mecs ne viennent pas pour le golf mais pour les filles et ça peut dégénérer. Vu le fric qu'ils abandonnent, mon job c'est qu'ils ne leurs arrivent rien. » renchérit-il.

Jeremy compatissait.

Une fois les sacs chargés, le guide se dirigea vers le club house pour rejoindre le groupe. Jeremy démarra la voiturette de golf qui ressemblait plus à une fourgonnette de déménagement et rejoignit le practice où il plaça chaque sac près d'un emplacement.

A ce moment, Mus arriva et lui demanda de rejoindre le club house où son père et les membres du groupe l'attendait.

- « Bien, nous allons nous diriger vers une salle de conférence pour commencer le stage » dit David avant d'inviter ses comparses à le suivre.

A quelques mètres de là, ils pénétrèrent dans une petite salle attenante au restaurant. Chacun prit place autour d'une table en U.
David, en maitre de conférences, ouvrit un carton disposé sur son bureau, duquel il sortit de petits livres de règles qu'il distribua à chacun.

- « Pour jouer au golf, vous devez avoir un permis de jouer. Ce permis, c'est la carte verte. Au-delà, de la licence qui vous protège, la carte verte, vous autorise à faire des compétitions, vous autorise plus généralement à jouer sur quasiment tous les parcours du monde » dit-il en préambule.

Un retraité leva la main. David l'invita à poser sa question.

- « Pourquoi quasiment ? » demanda l'homme.
- « Eh bien, il y a certains parcours privés qui veulent rester privés. Ce sont des clubs élitistes. Il y en a assez peu en France. Ensuite certains golfs exigent un niveau de jeu minimal. Un index. Pareillement, c'est assez rare mais cela existe. » répondit David.

- « L'index, c'est le handicap ? » questionna le même homme.
- « Oui » répliqua David avant d'enchaincr.
- « Pour commencer, nous allons parler d'étiquette. C'est un mot que vous entendrez toute votre vie sur un parcours de golf. Il s'agit du bon comportement. Notre sport est un sport de gentlemen. C'est un art de vivre. L'étiquette, c'est une somme de règle de savoir-vivre indispensable à la bonne pratique de notre sport. Également dans le petit livre, vous trouverez l'ensemble des règles de golf validé par le royal and Ancient de st Andrews qui est la Mecque des golfeurs.
  Quelqu'un sait-il ce qu'est un divot ? » demanda David.
- « Ce que vous devez savoir est inscrit dans ce petit livre. Pour ma part, je vous donne ma version. Vous devez respecter la nature et les gens avec qui vous jouez. Ne pas parlez lorsque quelqu'un joue... » continua-t-il.
- « Euh, vous ne nous avez pas dit ce qu'est un divot ? » lança le cinquantenaire.
- « Bien, je vois que quelqu'un suit » répondit David sous les rires de ses compagnons.
- « Un divot, c'est une sorte d'escalope de terre arrachée après un fort coup dans l'herbe. Vous désherbez, vous replantez pour que ça repousse sinon le terrain se dégrade ! Pareil vous relevez vos pitches sur les greens. Ce sont les impacts fait par la balle en atterrissant. Vous ratissez les bunkers de

sable quand vous en êtes sortis pour pas qu'une balle d'un joueur derrière reste dans une trace de pas. Vous ne jouez pas si vous estimez que des joueurs dans la partie devant sont trop près. Sur le parcours, vous devez marcher rapidement pour que les joueurs derrière ne subissent pas votre retard. C'est le principe de la circulation fluide. Si vous ralentissez, vous créez un embouteillage qui se répercute le reste de la journée. Parfois une balle s'échappe en sous-bois. Vous avez le droit de la chercher durant cinq minutes. Au-delà de ce temps, elle est considérée perdue, sinon gros embouteillage. C'est un principe de vie, le respect des autres, le respect de la nature ! »

Jeremy buvait les paroles de son père qu'il admirait. Il comprenait cette nécessité basée sur le respect du terrain, des autres. Cela rendait ce sport éblouissant à tous points de vue. David enseignait non pas un sport mais un art de vivre. Jeremy lisait le manuel du parfait golfeur tout en observant son père expliquer individuellement certaines règles aux questionneurs du moment. Durant une heure, le groupe travailla sur les règles et l'étiquette. David annonça qu'il y aurait un questionnaire à remplir en fin de stage pour valider la bonne compréhension. A la fin de la séance, avant de se diriger au practice, David avisa le groupe du planning prévisionnel de la semaine.

Jour 1 - Etiquette, règles de golf. 2 h de practice – Déjeuner au restaurant du golf – Atelier individuel et putting.

Jour 2 – Practice jeu long & analyse vidéo en débriefing avant le déjeuner – Déjeuner au restaurant du Golf – 9 trous accompagné sur le parcours vert
Jour 3 – Practice jeu long 1h30. Practice jeu court 1h00. 30 mn de putting – Déjeuner – 9 trous accompagnés sur le parcours vert avec étude des différentes stratégies
Jour 4 – Practice jeu long 1h. Jeu court et putting 1h. Coups spéciaux 1h – Déjeuner – 18 trous accompagnés sur le parcours bleu.
Jour 5 – Practice filmé en individuel avec débriefing vidéo. Questionnaire sur les règles – Déjeuner – 18 trous accompagnés sur le parcours bleu avec caddy locaux pour chaque joueur. Bilan du stage et remise des cartes vertes.

Le programme offrait l'ensemble des bases permettant à un débutant de commencer à s'amuser. La méthode employée avait fait ses preuves et, même le plus maladroit, trouvait matière à avancer. David et Mus affichaient une telle sérénité qu'elle en était palpable et que son assimilation se faisait presque naturellement.
Deux groupes étaient formés avec d'un côté les deux couples de retraités et de l'autre les plus jeunes.
David, volontairement, s'octroya les retraités et Mus pris le groupe où Jeremy avait pris place.
Jeremy avait préparé un seau de balle pour chaque membre du groupe.

Alors que Mus expliquait le grip, la position des mains sur le manche, Jeremy frappa sa première balle.

- « Non, non, ça ne marche pas comme ça Jeremy ! Tu écoutes comme les autres et tu tapes dans la balle quand je te le dis » demanda Mus passablement agacé par la désinvolture du garçon.

Jeremy s'excusa et se rapprochait.
Il observait sans écouter, la tête dans les nuages avec l'envie bouillonnante de frapper ses balles comme pour se libérer d'un poids trop grand.
Le cours démarra et Jeremy se débloqua, enfin.

Le jour deux était attendu par Jeremy comme le jour de Noël.
L'après-midi, il allait se confronter à un parcours, certes sur neuf trous mais toutefois à un véritable parcours.
Le matin, il avait donné sa pleine mesure en frappant des coups extraordinaires qui avaient donné lieu à de multiples commentaires admiratifs durant le débriefing d'avant déjeuner.
David avait tenu à tempérer l'engouement des membres du groupe en expliquant que la puissance ne servait à rien si, pour finir, on ne parvenait pas à rentrer sa balle dans le trou à quelques centimètres. Il expliqua que des joueurs peu impressionnants physiquement, gagnaient très régulièrement en faisant preuve d'une stratégie sans faille.

Les mêmes groupes étaient reconduits pour l'après-midi.
Jeremy et son alliance partaient les premiers sous les yeux de l'autre groupe. Tout le monde paraissait détendu alors qu'en réalité, une sorte d'angoisse liée à l'excitation enserrait la poitrine du jeune homme.

- « Vous commencez par un parcours qui est véritablement compliqué et même pour nous donc ne vous formalisez pas. Il faut juste chercher à s'amuser, tout en essayant de reproduire ce que vous avez fait de mieux au practice » annonça David.
- « Alors qui commence ? » questionna Mus en s'adressant aux trois hommes de son groupe.
- « Pourquoi pas commencer par les dames ? Ne doit-on pas faire preuve de galanterie ? » demanda un des hommes.
- « C'est une excellente remarque ? » répondit David.
- « Les hommes moyens et débutants partent des repères boules jaune qui sont situées plus loin que les boules rouges pour les femmes de ce même niveau. C'est pour équilibrer les forces » expliqua Mus.
- « Vas-y Jeremy ! » cria une des femmes retraitées.

Jeremy s'avança vers le départ. Il observa le panneau qui indiquait une longueur de 338 mètres à réaliser en quatre coups.

Le parcours vert est le parcours école ou rapide du complexe du golf de Rabat dar es Salam. Son tracé est construit sur des concepts plus traditionnel que le parcours rouge, qui lui est le fleuron du royaume, mais il reste en cohérence avec l'ensemble du site et est extrêmement compliqué. Aucun par cinq donc de trou long mais cinq pars quatre assez court et quatre pars trois le composent sur une longueur de deux kilomètres. Beaucoup de difficulté dans le choix des clubs et tout cela au sein d'une nature généreuse qui accueille de gracieux petits oiseaux blancs aux longues pattes et aux becs orange, appelés pique-bœufs.

Jeremy, très à son aise avec ses fers, sorti de son sac un fer quatre. Il prit une balle qu'il posa sur un tee en position basse, poussa une forte expiration, regarda le green au loin, se plaça face à la balle et frappa. Le missile ne tarda pas à se poser à plus de deux-cents mètres sur un fairway accueillant.
L'assemblée applaudissait. Les pulsations cardiaques de Jeremy s'estompèrent et sa tête s'affaissa entre ses épaules comme un soufflé raté. David le félicita par un hochement de tête approbatif.
L'homme en Mid Age pris à son tour place entre les repères jaunes, plaça et frappa sa balle. Une sonorité étrangement rauque émana de sa frappe heurtée et la malheureuse balle n'avança que de quelques mètres. Le cinquantenaire s'en tira un peu mieux et sa femme rata la balle à deux reprises avant de l'envoyer valdinguer une trentaine de mètres devant.

David expliqua que le fait d'être observé par d'autres personnes alors qu'on ne maitrisait pas son sujet était forcément réducteur. Il ne fallait pas se sentir affaibli mais au contraire se servir de ce sentiment pour ne plus commettre cette erreur. Entrer dans une bulle, ne s'occuper que de son coup et ne donner aucune importance à l'échec.
Il fallut trois autres coups au Mid Age pour rejoindre la balle de Jeremy qui patientait tant bien que mal. Mus l'invita a joué.

- « Comment savoir quel club jouer ? » demanda Jeremy.

- « Tu es à environ cent trente mètres. Pour moi, c'est un coup de fer neuf mais pour toi, je ne sais pas. Il faut étalonner donc essaye avec le fer que tu penses être adapté ! » proposa-t-il.

Jeremy méditait. Mus était un professionnel donc il lui faudrait prendre un club plus long pour faire la distance, à coup sûr. Il sortit donc de son sac un fer huit. Il s'aligna, grippa et frappa la balle avec force et envie. La balle décolla à vive allure et se dirigea vers le green, toute droite comme flèche vers sa cible puis elle survola l'objectif et s'écrasa sur un arbre placé en arrière de l'objectif.
Mus paraissait surpris.

- « Super coup petit. Ce n'était juste pas la bonne canne. Réessaie avec deux cannes de moins ! » lui demanda-t-il.

Jeremy pris une autre balle dans le sac, la dropa et frappa avec le club choisi par Mus. Le coup semblait en tout point parfait. Ses compagnons l'observaient comme ébloui par ce talent naissant. La balle ne tarda pas à arriver vers sa cible et se posa en douceur à quelques mètres de l'étendard.
Mus leva le bras et tendit le pouce pour le féliciter.
Ce swing fut libératoire. Un prélude réussi avant le déroulement d'un opéra majeur !
Planter au milieu des arbres de cet oasis verdoyant, dans un pays majoritairement rocailleux, il venait de trouver sa voie.

12

La semaine s'était effacée au profit d'un week-end bien mérité.
Malgré ses vingt ans, Jeremy était courbaturé. Le garçon longiligne manquait de muscle. Aussi, il restait étendu sur son lit en ce samedi matinal. David avait rejoint le groupe qui préparait son départ. Un service qu'il appelait « l'après-golf » pour fidéliser sa clientèle.
A l'heure du déjeuner, Fatima toqua timidement à la porte de son nouveau beau-fils. Celui-ci émergea difficilement.

- « On va déjeuner avec Nora. Veux-tu te joindre à nous ? » demanda-t-elle discrètement.

A ces mots, Jeremy sortit de sa léthargie pour répondre positivement.

Il s'habilla hâtivement, sorti de sa chambre en prenant soin d'ouvrir la fenêtre pour aérer l'antre et se rendit à la salle d'eau pour se rafraîchir.

Après quelques minutes, il rejoignit les filles de la maison dans le salon.
Nora était en cuisine. Fatima apportait les couverts et entassait les plats au fur et à mesure de leur préparation.
Jeremy voulut participer mais Fatima refusa.

- « Non, reste assis s'il te plait. C'est notre travail et cela nous convient. Tu as travaillé toute cette semaine, tu peux te reposer » lui dit-elle.
- « Travaillé ? Pas beaucoup. Tu sais c'est un vrai plaisir pour moi d'être ici. Je n'aurai jamais imaginé cela il y a deux-trois semaines » répondit-il.
- « Ta maman doit beaucoup t'aimer ! » renchérit Fatima.

Jeremy médita sur cette réflexion qui lui parut être d'un bon sens absolu. Il avait fallu à sa mère, une sacrée dose de courage, pour avouer après toutes ces années, à son fils la présence physique d'un géniteur. Alors, certes, le lui avoir caché durant toute son enfance était à son déshonneur, pareillement pour son pauvre père, fustigé par cet acte égoïste mais dans l'intérêt de Jeremy, elle n'avait pas hésité à les rabibocher. Et ce nouveau départ ressemblait à ce que le pauvre jeune homme perdu dans une société qu'il ne comprenait pas, recherchait depuis toujours.

Alors, Jeremy eut une tendre pensée pour sa maman, restée dans son univers acariâtre et qui par pudeur, honte ou respect ne l'appelait plus.
Il décida qu'après le repas, il s'enquerrait de ses nouvelles.

Nora entra dans le salon avec en ses mains, un tajine fuligineux qu'elle entreposa au centre de la table.

- « Bismillah ! » dit-elle avant d'attraper un morceau de pain frais.

Fatima y alla également de cette incantation et commença par servir, dans une assiette une portion pour Jeremy.

- « Bismillah » dit Jeremy à son tour dans un arabe balbutiant.

Nora s'esclaffa. Qu'il était beau ce rire fortuit, authentique et non dissimulé pensait le jeune homme.
Fatima dévisageait sa petite sœur puis sourit à son tour. La sœur ainée continua à observer sa petite sœur durant le brunch.

A la fin du déjeuner, Jeremy aida à débarrasser malgré le rejet des femmes.
Il insista et emporta le plat le plus lourd vers la cuisine et continua ses aller-retours jusqu'à ce que la table fut vider de tout encombrements. Il remercia Fatima, son hôtesse, qui en attribua le mérite à sa jeune sœur.

- « Mon père revient à quelle heure ? » questionna Jeremy.
- « Je pars le rejoindre au centre-ville. Nous avons des rendez-vous. On reviendra en fin d'après-midi. Si tu veux sortir, tu peux prendre la camionnette ! » répondit-elle.

Jeremy acquiesça timidement. Il quittait le salon en direction de sa chambre non sans avoir jeter un dernier coup d'œil en direction de la petite Nora qui l'aperçut. Elle inclina la tête, troublée.
Amandine avait disparu des pensées de Jeremy. C'était comme si on avait éteint une lumière sur une scène et qu'en rallumant, une nouvelle, totalement différente s'était allumée.
Quelques minutes plus tard, la lourde porte d'entrée se referma dans un claquement significatif. Jeremy était étendu sur son lit. Il y avait une profonde confusion dans son esprit. De multiples idées et voix s'entremêlaient dans son hypothalamus. Par pur instinct, il se leva, écarta les rideaux de la fenêtre de sa chambre et épiait dame Fatima démarrant sa petite voiture qui s'éloigna rapidement.
Alors Jeremy n'eut d'autre choix que redescendre vers le salon comme aspiré par une tornade naissante.
Dans le salon, Nora était assise sur un coussin. Lorsqu'elle distingua Jeremy au bas des escaliers, elle avoua :

- « Je savais que tu allais venir. Ça n'est pas très correct mais je le sentais ! ».

- « Est-ce qu'on peut discuter un petit peu ? L'autre fois, tu m'as dit que c'était possible dans la maison ! » demanda t il.
- « Oui bien sûr. Je suis une femme moderne, tu sais. Par respect, pour ma famille et mes traditions, il y a des choses qui sont réglementées mais on peut parler si tu veux » répondit-elle.

Jeremy vint s'asseoir de l'autre côté du salon.

- « Je vois comment tu me regardes ! » osa-t-elle en préambule.

Cela brisa la glace instantanément, au point que Jeremy en rigola franchement. Ragaillardi, il se frotta le visage, mis sa main sur sa bouche, respira et réfléchissait.

- « J'adore ta franchise. Es-tu toujours aussi direct ? » questionna-t-il.
- « Toujours » répondit-elle instantanément.
- « C'est vrai, je te regarde comme ça parce que tu me plais » dit-il en rougissant.

Nora, confuse, resta sans voix un instant.

- « C'est courageux de le reconnaitre ! » dit-elle avant de poursuivre.
- « Connais-tu un peu notre religion ? » demanda-telle.

- « Bien sûr ! La France est un pays au mélange de culture. Il y a toujours eu autour de moi des maghrébins, à l'école, au foot donc je connais. Après avec tous ces attentats, il faut reconnaitre que je n'ai pas spécialement approfondi » répondit Jeremy.

Cela fit sursauter la petite Nora qui se lança immédiatement dans un laïus explicatif.

- « Mais ça n'a rien à voir avec nous, rien du tout ! Un musulman est un être pieu qui a la foi en dieu et qui prie pour son salut et celui de sa famille. Il y a interdiction de tuer dans cette religion comme dans toutes les autres d'ailleurs. Sais-tu que notre prophète est le dernier venu sur terre ? Il a été annoncé par Jésus lui-même. On nous impose de respecter les autres prophètes car ils sont élus par le dieu. Personne n'a droit de tuer au nom de dieu »
- « Alors pourquoi ils disent tous allaou Akbar ? Ça veut bien dire au nom de dieu ? » demanda Jeremy.
- « Oui, c'est la signification mais ces gens ne sont pas instruits. Ils ont le mal dans leurs têtes et ils font n'importe quoi. Ce sont des fous qui sont manipulés par des assassins. Aucun ne croient vraiment en dieu. Une fois qu'ils ont été choisi, souvent en prison, ils sont radicalisés et ils sont utilisés comme arme. Ce n'est pas Monsieur tout le monde qui commet ses actes odieux et répréhensibles, ce sont des repris de justice ou des paysans en quête

d'argent. Ils ont le mal en eux. Ça n'a rien à voir avec la religion » insista-t-elle.

- « Tu parles un français impeccable, presque sans accent, presque mieux que moi. Vraiment tu m'impressionne ! » dit Jeremy.
- « Merci, c'est avec l'école mais est-ce tout ce que tu as retenu de ce que je viens de te dire ? » demanda-t-elle.
- « Non bien sûr. Je ne pourrais comprendre ce que tu me dis que si quelqu'un m'explique votre religion ! » répliqua-t-il.
- « Tu voudrais que je t'enseigne les rudiments ? » interrogea Nora.

Jeremy enjoignait ses deux paumes de mains qu'il porta à sa bouche et expira bruyamment.

- « Oui. Cela me parait essentiel de savoir si je veux continuer à vivre ici ! » enchaina-t-il.
- « Oh mais tu sais, il y a des églises, des cathédrales et des synagogues au Maroc. Tu n'es pas obligé » rétorqua-t-elle.
- « Je sais mais oui, je te le répète j'adorerais ça » insista-t-il.
- « Ton père est passé par là quand il est arrivé au Maroc et aujourd'hui, il est devenu un homme formidable. Ma grande sœur a de la chance de l'avoir. Les hommes du Maroc se marie pour avoir des enfants et ma sœur, la pauvre, ne peut pas en avoir. Ton père est resté avec elle et ils s'adorent

tous les deux » dit-elle les yeux embués et le timbre de voix guttural.

- « Mais ça ne te choque pas leur différence d'âge ? » demanda Jeremy.
- « Ils ont seize ans d'écart et ici c'est presque normal. Il y a des femmes de trente ans qui se marie avec des hommes de quatre-vingt et personne ne dit rien. Ce sont nos traditions » répondit-elle.
- « Et si on a deux ans d'écart, c'est possible aussi ? » questionna-t-il.
- « Oui bien sûr, ça dépend de la maturité, de la famille, de plein de chose. Tu sais, j'ai été demandé plusieurs fois en mariage » dit-elle.
- « Ah bon ? » lâcha Jeremy choqué.
- « Bien sûr mais j'ai refusé à chaque fois » enchaina-t-elle.
- « Tu m'attendais ? » lança Jeremy revigoré.
- « Peut-être ! » répondit-elle.

Les deux jeunes se faisaient face en souriant. Plus aucun son ne sortit de leurs larynx durant les quelques instants suivants.
La petite Nora se leva et se dirigea vers sa chambre. Elle y entra et après quelques secondes en ressortit avec à la main quelques ouvrages.

- « Veux-tu qu'on commence ton enseignement ? » demanda-t-elle.
- « Qu'as-tu dans les mains ? » demanda Jeremy.
- « Un saint coran, un livre d'histoire de l'islam et un dvd sur les techniques de golf » lui dit-elle.

- « Un dvd de golf ? » enchérit-il d'un ton surpris.
- « Oui. Si tu fais bien ton premier cours, ce sera ta récompense » asséna-t-elle en se gaussant timidement.

13

Après un mois passé dans le royaume, Jeremy s'était métamorphosé. De son emploi, à sa rigueur à l'entrainement, en passant par les cours dispensés par Nora avec l'accord de sa grande sœur, tout était clairement maitrisé et parfaitement réalisé. Régulièrement, il s'entretenait avec sa mère, qui était enthousiasmée par son évolution.
L'académie fonctionnait à merveille. Les divers confinements avaient permis à une large population golfique d'amasser de l'épargne qu'ils s'empressaient de décaisser à présent. Le tourisme sortait de la nasse et les tours opérateurs spécialisés s'embouteillaient. Les prévisions les plus audacieuses étaient très en dessous de la réalité.
Malgré cela, Jeremy parvenait à tout mener de front. Par le passé, rien ne l'intéressait réellement, rien ne lui permettait de s'accrocher à quoi que ce soit alors qu'à ce moment, il semblait euphoriser. La passion du golf, son emploi dans ce milieu, les déplacements, la belle Nora, l'apprentissage d'une nouvelle

langue, d'une culture, d'une religion et un père, retrouvé, comme le maillon indispensable à cette stabilité en défaut dans son ancienne mais récente vie, décuplait ses forces comme une potion magique.
Avec l'aide de Nora, il se créait un mental.
Elle lui enseignait la religion mais aussi le qi gong, art asiatique, qui consistait en une gymnastique de santé énergétique constituée par une série de mouvement très lents basé sur le travail du souffle et de la souplesse. Nora l'étudiait depuis deux années. Cela lui avait apportée concentration, tranquillité, calme, relâchement et lui avait permis également d'obtenir son bac avec une année d'avance.
En améliorant l'équilibre intérieur, la pratique avait également une influence sur la forme physique. Les exercices permettaient à Jeremy d'assouplir ses articulations, de disperser les douleurs naissantes et de fluidifier son tonus musculaire.
En contrôlant son corps et son esprit, il contrôlait la balle.
Chaque matin, au réveil, il s'astreignait à une petite danse mêlant mouvement et respiration. A chaque début de soirée, il rééditait cela en compagnie de son enseignante.
La progression fulgurante impressionnait David, Mus et tous les suiveurs.
Jeremy travaillait dur tel Rocky Balboa, reconnaissant pour la chance offerte.
Conscient de son manque de masse musculaire, il se planifia des séances de musculation spécifiques.
Sur le parcours, il avait étalonné chacun de ses clubs. Il connaissait de mieux en mieux les parcours vert et bleu. Les pars s'amoncelaient et les birdies encore parcimonieusement.

David et Mus l'assistaient du mieux qu'ils pouvaient en enseignant philosophiquement leurs savoir.
L'importance du matériel et son utilisation devait être en bonne adéquation.
David martelait que si un ingénieur avait dessiné un club dans la forme qu'il avait, il devait être posé au sol, prêt à jouer dans la position pour laquelle il avait été construit. Il insistait sur le fait que la connexion des mains ne devait jamais se rompre et que cela était le secret principal de ce sport.
Mus intervenait sur le finish et l'obligation des épaules de faire face à l'endroit visé. Il répétait à Jeremy sans cesse de se sentir grand devant la balle. Des centaines d'information devaient être assimilées par le jeune homme qui ne bronchait pas.
Au putting green, Jeremy répétait inlassablement les séries à un mètre, à deux mètres et à trois.
Puis il passait aux sorties de bunker et récidivait jusqu'à ce que son seau contenant quarante balles soit parfaitement exécuté.
Au moindre échec, il recommençait.
Il souhaitait avoir le niveau de jeu pour pouvoir prendre un petit groupe avec lui pour soulager son père ou Mus le cas échéant. Tout son temps libre en journée était attribué à ce perfectionnement.
L'hiver pointait son nez. La température avait chuté. Les matinées étaient beaucoup plus fraiches et certaines journées pluvieuses.

Deux jours avant noël, Jeremy trouva, un matin, sur le volant de la camionnette, une enveloppe libellée à son prénom. Il déchira son arête droite et extirpa un billet d'avion du contenant. Le libellé précisait la destination et la date

David sortait de la villa à ce moment comme s'il avait calculé cet effet.

- « Tu me renvoies demain chez ma mère ? » demanda Jeremy.
- « Non mon grand. On a juste pensé que tu aimerais passer noël en famille avec ta famille et tes amis. » répondit David
- « Ben tu aurais pu me demander. Je n'en ai pas spécialement envie et puis, tu vas avoir besoin de moi, non ? » affirma-t-il.
- « Ecoute, ici on ne fête pas le noël. Je sais que cela va faire plaisir à ta mère et puis, en général, les groupes qu'on a durant les fêtes ne sont pas au golf la veillée et le jour de noël. Tu as un billet retour ouvert » dit David
- « Ouvert ? Ça veut dire ? » interrogea Jeremy.
- « Tu reviens ici quand tu veux. Un billet passe-partout si tu veux ! » répondit le père bienveillant.

Jeremy, en pleine confusion, méditait.
Cela faisait un peu plus de deux mois qu'il se trouvait sur le continent africain. Il y avait trouvé ses marques. Tout une organisation méthodique et un planning rigoureux avait été construit par lui, pour lui. Un retour en France lui paraissait inapproprié et surtout, bien trop précoce. D'un autre côté, revoir sa mère et son beau-père a l'occasion des fêtes de fin d'année, revoir son pays avec un nouvel œil, pour quelques jours, semblait anodin.

Après quelques instants, il approuva et remercia chaleureusement son père par une étreinte.

Sur le golf, Jeremy mit du cœur à l'ouvrage. Il inspirait intensément comme pour emmener avec lui en France, l'air iodé et forestier de son précieux temple. Il contemplait chacune de ses balles en l'air dans un décorum horticole, tout comme ses balles roulant sur le tapis chlorophylle tortueux tentant de se frayer un passage vers l'ultime étape, l'alvéole blanche. Il ressentait comme un poids au creux de l'estomac. Il savait que cet univers allait rapidement lui manquer. A contrario, il distinguait le visage de sa mère dans ses pensées et elle lui manquait. Cette nouvelle vie, il lui devait. Elle avait eu tant de courage à tout dévoiler. Elle devait avoir tant d'amour pour lui qu'il devait lui rendre. Nora n'était pas étrangère à cette prise de conscience. De leurs discussions, ressortaient régulièrement, l'importance et le poids de la famille. La religion unifiait également cet ensemble. Le respect était une valeur essentielle et fondamentale dans son univers et Jeremy le comprenait mieux à présent.

14

Jeremy avait le visage collé contre le hublot en plastique. La lumière était vive et clair. Le bourdonnement des réacteurs au ralenti musicalisait l'habitacle. Les passagers s'installaient les uns après les autres. Ils tentaient désespérément de trouver une place dans les minuscules compartiments à bagage placés au-dessus des sièges. Le tiraillement à l'estomac était toujours présent. Aucune appréhension n'était liée au voyage. Jeremy se sentait simplement, isolé à nouveau. Il n'avait encore pas quitté le sol marocain que déjà, le stress l'étouffait. Alors il avait installé son visage contre le hublot comme pour appartenir, encore un petit peu, au royaume.

Un jeune couple de Français vint s'installer sur les sièges voisins. Jeremy les salua et replaça son visage sur le hublot instantanément.

- « Ne vous inquiétez pas, ça va bien se passer ! » dit la jeune voisine d'une voix enjôleuse.

Jeremy haussa les épaules en expirant.
Le mari assis entre les deux fit signe à son épouse de ne pas renchérir.

Après quelques instants, la lourde porte de l'appareil se cloisonna et une annonce provenant du cockpit parvint aux oreilles des passagers. Jeremy n'entendit que « zéro degré de température ambiante à Paris » avant de se recentrer vers les paysages extérieurs. L'avion avançait au pas. Soudain, il s'immobilisa et telle une fusée accéléra avant de décoller. Jeremy s'agglutinait au hublot tant qu'il vit le moindre paysage au sol.
Une fois dans les nuages, il s'affala sur son siège, moribond.

- « Je quitte le paradis pour l'enfer » lâcha-t-il après quelques instants.

Cela provoqua une paralysie temporaire des corps de ses deux voisins.
Après un instant, la jeune femme fit pivoter sa tête à quarante-cinq degrés et osa :

- « Vous devez beaucoup aimer ce pays ? » dit-elle.
- « Il est en train de me sauver. J'y ai trouvé ma place » répliqua Jeremy.
- « Alors, pourquoi le quitter ? » enchaina-t-elle.

- « Je vais voir ma famille pour les fêtes » répondit le jeune homme.
- « Mais c'est super ! » dit la jeune femme pleine d'allant.
- « Oui, ça va bien se passer » entérina-t-il.

Après trois heures d'un vol sans secousse, l'appareil se posa. Les passagers débarquèrent et rejoignirent rapidement le hall d'arrivée. Jeremy n'avait emporté qu'une maigre besace dans laquelle se trouvait un cadeau souvenir pour sa mère, son agenda avec le planning de l'académie, une balle de golf logotée par Dar es Salam, quelques épices et un cahier où il notait toutes ses remarques sur la technique et la stratégie. Aucun vêtement de rechange ne l'avait escorté.

Karine accourait au milieu du corridor emprunté par les passagers, les bras en l'air. Jeremy repris ses esprits. Sans s'arrêter, la mère s'emboutissait entre les cotes de son frêle gamin comme un flanker sur un ailier. Le souffle presque coupé, Jeremy salua sa génitrice.

- « Comme je suis contente de te voir mon grand ! » affirma-t-elle.
- « Moi aussi » répondit-il sur un ton, moins convaincant.
- « Ça va ? » demanda-t-elle inquisitrice.
- « Mouais » lâcha-t-il du bout des lèvres.

Marc, le beau-père, attendait au bout du goulet, discrètement.

- « Tu lui manques. Ne lui parles pas trop de ton père » chuchota Karine.

Jeremy enlaça Marc en guise de salut. Etonné, le beau-père poussa un long soupir de soulagement.

- « Comment vas-tu papa ? » demanda Jeremy.
- « Mais formidablement bien, mon fils ! » répondit-il ragaillardit.
- « Et toi ? Le Maroc ? Ta mère m'a dit pour le golf. Je suis tellement content pour toi » enchaina Marc l'œil compatissant.

Karine remarqua le maigre bagage accompagnant son fils.

- « Tu n'as pas beaucoup plus d'affaire au retour qu'à l'aller » asséna-t-elle humoristiquement.
- « La plupart de mes affaires sont chez toi, n'est-ce pas ? » répondit-il.
- « Oui mais je n'ai toujours pas retrouvé le taxi qui est parti avec ta valise » dit-elle.

Jeremy s'esclaffa.

Un taxi, honnête, déposa la famille devant la demeure familiale. Jeremy retrouvait ses repères immédiatement. Les grands parquets cirés tranchaient avec la mosaïque marocaine. La chaleur émise par les radiateurs en fontes ductiles comme une bouffée d'air brulant sorti d'un sauna ne remplaçait pas la

douceur des couvertures apportées par la douce Nora, le soir, sur le sofa. Jeremy ressentait son premier choc culturel.
Marc s'était assis sur son fauteuil et lisait son roman en cours, tandis que Karine s'occupait de dresser la table. Jeremy proposa son aide à sa mère qui fut, agréablement surprise. Marc délaissa un instant sa lecture pour le constater, également avec étonnement. Le Maroc l'avait transformé, en bien.

Karine blablatait. Jeremy l'écoutait. Habituellement, il se chamaillait tant la patience du jeune homme était menue. Alors, Karine en profitait, égale à elle-même, tête baissée et racontait ses anecdotes. A un moment, il fut question d'Amandine, ce qui sortit Jeremy de sa torpeur.

- « Comment va-t-elle ? Tu as de ses nouvelles ? » demanda-t-il.
- « Elle m'a appelé une semaine environ après que tu sois parti. Je lui ai expliqué la situation. Elle avait l'air contente pour toi. » répondit Karine.

Jeremy expira exagérément comme pour indiquer son soulagement. Il ressentait au plus profond de lui-même comme une gêne liée à leur histoire. La jeune femme s'était impliquée sans retenu dans leur histoire sentimentale et en retour, il ne lui avait offert que du mal, ou presque. Cette gêne se transformait en dégoût au fur et à mesure qu'il y réfléchissait. La prise de conscience et l'acceptation de l'échec formalisait la situation. Il put enfin en faire son deuil.
Elle avait disparu de son esprit comme un fantôme du passé tant il était absorbé par sa nouvelle vie. Ce qu'il avait pensé

être de l'amour n'était en réalité que de l'attirance ! Egaré dans un monde construit pour d'autres, elle n'avait été pour lui qu'un répit, jamais une solution !
La rémission passait par le Maroc. La rechute assurée était en France.
Jeremy se dirigea vers sa chambre, conserver en l'état, par sa mère. Il ouvrit sa commode et enfila des vêtements plus confortables.

Dans le salon, il commença son ballet. Le qi gong du soir le maintenait dans une profonde quiétude. Cela facilitait également la transition entre jour et nuit en contenant le flot continuel d'images traversantes.
Karine observait, impressionnée.

- « C'est du tai chi » affirma Marc en observant son beau-fils.
- « Du Qi Gong » répondit Jeremy avant d'expirer avec un geste martial.

Le couple restait pantois a observer la danse ininterrompue de leur rejeton. Jeremy ne les discernait pas. A peine ressentait-il leur présence. Il focalisait son esprit sur le relâchement, la terre, les ancrages et la respiration.
Une fois sa série de mouvement terminée, il s'immobilisa et médita un instant.

- « On peut peut-être envisager de commencer le réveillon » interrogea Karine.

Marc se releva, posa son livre et vint rejoindre la table du salon.
Jeremy émergeant en fit autant.
Le cœur de famille était plus important que les grandes attablés dans l'esprit de Karine. Elle ne voulait que des ondes positives et depuis des lustres, c'est en comité restreint qu'ils passaient la veillée de noël. L'année précédente, Jeremy s'était rendu dans la famille d'Amandine, ce qui avait attristé Karine. Alors pour le retour de son grand garçon, elle avait confectionné tous les plats traditionnels. Du foie gras d'oie du sud-ouest, aux huitres de cancales, des escargots de Bourgogne et un succulent rôti comblèrent les estomacs de la petite famille recomposée. Jeremy admis que les plats marocains se ressemblaient toujours un peu et que cette variante lui offrait un intermède des plus savoureux.

Tout au long de la soirée, ils échangèrent. Karine narrait les souvenirs anciens, les situations rocambolesques où Jeremy s'était embarqué. Le jeune homme racontait ses exploits sur les fairways et ses méthodes d'entrainement comme s'il souhaitait convertir mère et beau-père. Il ne mentionna qu'à peu de reprise le nom de son père dans ses récits. La mère l'interrogea sur ses rencontres sans tenter d'aller dans l'inquisition. Elle savait trop bien d'où sortait son enfant, la souffrance qu'il avait enduré et le pensait encore fragile.
Après la tranche traditionnelle de buche glacée, Jeremy se leva, se dirigea vers son beau-père, bien campé sur sa chaise à déguster un cognac cinquantenaire, lui embrassa le crâne puis d'un pas chaloupé rejoignit sa mère qu'il enserra chaleureusement. Les deux se congratulèrent pour la réussite

de la soirée et Jeremy alla s'étendre dans sa chambre d'adolescent.

Le silence était apaisant. Allongé sur son lit, épuisé par sa longue journée, il ne parvenait pas à s'endormir. Les yeux emplis d'étoiles célestes, il souriait niaisement en imaginant Nora sur la terrasse à s'exercer. Impossible de rester en France dans ces conditions, même pour ses parents !
Il fallait repartir. Il avait besoin de cette aura pour ne plus ressentir la torture gastrique qui ne l'avait pas quitté depuis son départ de la villa.
Il allait ménager sa mère en restant un jour ou deux se disait-il mais trop d'enjeu se trouvait de l'autre côté de la méditerranée pour que cela ne s'éternise davantage.

15

Jeremy avait passé une partie de la nuit à chercher la bonne formule pour convaincre sa mère de la nécessité pour lui de rentrer chez son père retrouvé.
Il savait sa mère terriblement émotive et ne désirait pas la blesser. A une heure avancée, la nature reprit ses droits et le garçon déposa les armes.

A son réveil, pour ce jour de noël, il humait depuis son lit les senteurs de café sud-américain fraichement torréfié. Le crissement des lattes du parquet sous des pas rapprochés lui indiquait la présence de sa mère qu'il reconnaissait par ses fréquences. Il se leva pour la retrouver, les cheveux en batailles.

- « Bien dormi ? » questionna-t-elle dès que la porte s'entrouvrit.

- « Oui. A vrai dire, j'ai eu un peu de mal à m'endormir. En fait, je crois que je devrais te dire... »
- « Que tu vas partir et vite rejoindre ce qui te fait du bien là-bas » dit Karine en interrompant son fils.
- « Ben oui mais comment est-ce que tu sais ? » demanda-t-il abasourdi.
- « Une mère sait ça ! » affirma-t-elle.
- « Et ça ne te déranges pas trop ? » questionna le jeune homme.
- « Je serais dérangée par ton bonheur, par ton équilibre ? Non, je serais dérangée dans mon cerveau si je ne te conduisais pas moi-même à l'aéroport » enchérit-elle les yeux humidifiés.
- « Merci maman. Tu es vraiment incroyable ! » conclut Jeremy.

Le soir venu, Jeremy respirait l'air africain.
Il arrivait discrètement en taxi dans la villa Salaouite. Les volets étaient tirés. A l'intérieur tout était sombre et silencieux. Alors, le jeune homme déposa dans sa chambre ses deux valises imposantes composant sa garde-robe. Il descendit ensuite vers la remise où il retrouvait son sac de sport. Il en extirpait son fer sept qu'il cajola. Il l'enserrait et improvisait une petite danse en sa compagnie.

- « Tu dois avoir un pet au casque » entendit-il.

En se retournant, il vit son père qui le dévisageait avec étonnement.

- « Je vous croyais parti ! » répondit Jeremy
- « On dine chez Mus. J'ai juste été averti de ton arrivée par les gosses de la rue qui t'ont vu entré. Joins-toi à nous si le cœur t'en dit » proposa-t-il.
- « Nora est-elle avec vous ? » interrogea Jeremy.
- « Non, elle est chez ses parents jusqu'à la reprise des cours » répondit-il.
- « Jusqu'à la reprise de ses cours ? Mais c'est en Janvier ! » dit Jeremy.
- « Oui. Elle ne reviendra pas avant trois semaines au moins. Allez viens, ça me fait plaisir que tu sois là » répliqua David en s'approchant de Jeremy.

Jeremy s'exécuta. Il posa son club favori et sorti de la remise. Il ne parla presque pas durant le diner chez Mus. A peine se contentait-il de répondre aux questions posées. Nora lui avait bien dit qu'elle rendrait visite à sa famille durant les fêtes mais il n'avait pas imaginé qu'elle s'absenterait si longtemps. Il ressentait le besoin de la voir, non pas en imaginaire mais en chair et en os. La voir sourire ou se moquer de lui, l'entendre expliquer ses points de vue sur à peu près tout, partager des minutes de relaxation en exécutant les exercices de Qi gong. A cette pensée, Jeremy se recentrait en inspirant profondément.

- « Jeremy. Demain tu vas accompagner Fatima » lança David.
- « Eh, oh, Jeremy ! » insista David en augmentant le volume, pour le ranimer.

- « Pardon, je pensais à autre chose » répondit le jeune homme.
- « Je te disais que je souhaite demain que tu accompagnes Fatima » insista David.
- « Mais où ? » questionna Jeremy.
- « Chez ses parents à Beni Mellal » répondit David.
- « Chez ses parents ? » répéta Jeremy.
- « Oui. Ça fait beaucoup de route pour une femme seule. Je devais la déposer mais je pense que tu peux t'en charger ! » dit David en ajoutant un clin d'œil.
- « Ah mais c'est sûr. J'ai vraiment envie de voyager dans les terres » assura-t-il.

David pensait qu'une visite dans le fief familial de sa belle-famille, un petit village enclavé entre deux montagnes près de Beni Mellal, dans le moyen atlas, allait permettre au jeune homme d'en savoir un peu plus sur lui-même.

Le lendemain matin, Belle-mère et fils prirent la route. David requerrait prudence et respect des limitations de vitesse. Jeremy devait faire l'aller-retour dans la journée. Une autoroute récente permettait de relier Rabat à Beni Mellal en moins de trois heures. Le village parental était situé à une quarantaine de kilomètres de Beni Mellal sur la route de Marrakech. Dix kilomètres après la sortie de la ville, Fatima indiqua à Jeremy, la route à suivre.
Ils tournèrent à gauche et se trouvaient rapidement sur une petite route encerclée d'oliviers. Bientôt, une chaussée de montagne s'offrit à l'équipée. Jeremy regarda Fatima l'air

inquiet. Celle-ci lui répondit par un large sourire. La route s'enlaçait vers le sommet comme les levées de station de sports d'hiver.
Au sommet, cela se planifia quelques centaines de mètres avant de redescendre indubitablement. Sur la droite, le précipice était impressionnant. Presqu'aucune protection murale n'était présente. La vigilance devait s'accroitre. Une embardée serait à coup sûr, mortelle. A la sortie d'un virage, les montagnes s'amenuisaient laissant apparaitre, un magistral lac enserré de terre ocre, en contrebas. Des moutons voyageaient sur le côté de la route mené par un vieil indigène et son bâton.
Quelques habitations apparaissaient parcimonieusement.
Le paysage subjugua Jeremy. Fatima s'émoustillait à l'approche du domaine familial. Ils entrèrent dans la petite commune de Ouaouizerth. L'avenue principale était étendue. Quelques voitures disséminées de part et d'autre, pour la plupart d'anciennes générations, agrémentaient le décor. Les gens circulaient sur la route. Les trottoirs étaient vides comme à l'accoutumée.
Fatima fit serpenter l'embarcation jusqu'à une petite impasse où Jeremy gara le véhicule. La maison familiale sur trois niveaux leur faisait face.
Une vieille dame en sortit précipitamment et se jeta dans les bras de Fatima qui pleurait à chaudes larmes. Jeremy ne bougeait pas de son poste de pilotage. Un vieil homme à la barbe blanchit toqua à la fenêtre.

- « Tu peux descendre, nous n'allons pas te manger » dit-il en souriant.

Un des frères arriva près de la voiture, ouvrit le hayon arrière et en sortit les bagages de sa grande sœur. Jeremy extirpa les clés du contact et sortit du véhicule.

- « Tu es le petit frère de David » dit avec assurance le vieil homme.

Jeremy ne répondit pas à la question posée. Fatima se retournait et fit signe à Jeremy de la suivre.
Dans la maison, après avoir ôté ses souliers, Jeremy se retrouva au salon en compagnie du vieil homme et des deux frères de Fatima et Nora. Un des deux baragouinais un français presque indéchiffrable. L'autre n'en maitrisait pas un mot. Seul le père parlait presque impeccablement.

- « Tu as fait bon voyage ? » demanda-t-il.
- « Oui, merci Monsieur. Je vais d'ailleurs devoir repartir assez vite si je veux arriver avant la nuit » répondit Jeremy.
- « Avant, nous allons manger ! » affirma l'ancien.

Nora apparue enfin. Jeremy esquissait un large sourire libérateur. L'oppression disparue instantanément. Plus rien n'avait d'importance !
Elle était affublée d'un pyjama en laine polaire sur lequel était apposé un tablier et elle avait un torchon en forme de turban pour contenir ses cheveux. Dans les mains, une énorme théière, une bassine et sur l'avant-bras une serviette.

Elle posa la bassine sur les genoux de Jeremy, passa de l'eau chaude avec l'aide de la théière sur ses mains et lui tendit la serviette, les joues rosies.
Aucun mot ne put jaillir de son gosier.
La jeune femme reproduisit le même mouvement avec son père et ses frères. Les victuailles arrivèrent des mains de la maman et des belles sœurs qui s'étaient agglutinées dans la minuscule cuisine.
Jeremy était esseulé. Fatima le fit appeler par l'une de ses belles-sœurs et il la rejoignit près de la cuisine. Elle le fit entrer dans une chambre.

- « Tu es le frère de David. C'est mieux pour la famille ! » lui dit-elle avant de le renvoyer vers le salon, les deux mains jointes en signe de remerciement.

Jeremy croisait Nora dans le couloir. Il s'apprêtait à converser mais cette dernière fila vers la cuisine sans même ralentir. Résigné, il rejoignit les hommes et luncha.

Après le repas, Jeremy sortit sur le parvis de l'entrée. Fatima alla à sa rencontre et l'invita à visiter la demeure familiale. Au rez de chaussée se trouvait salon, cuisine et salle de repos où le patriarche passait ses nuitées. A l'étage, il y avait trois chambres dans lesquels habitaient les deux frères et leurs compagnes. Au deuxième, les murs et le toit était réalisé sans aucune finition, ni fenêtre et porte. Les travaux étaient en cours.

Enfin un escalier menait au toit terrasse où la jeune Nora attendait en étendant du linge.

- « Je redescends » annonça Fatima en se pressant dans les escaliers.

Jeremy parut surpris par ces manigances. Nora continuait son labeur.

- « Comment vas-tu Jeremy ? » lança-t-elle avec désinvolture.

Le cœur du jeune homme semblait sortir de sa poitrine. L'attente avait semblé infinie. Il restait muet, contemplant la jeune demoiselle.

- « C'est bien que tu vois d'où on vient, notre famille, notre village » continuait-elle.
- « Je suis le petit frère de mon père ? » interrogea-t-il.
- « C'est mieux. C'est moi qui l'ai demandé à Fatima. Tu sais ici c'est une très petite ville, un gros village. Tout le monde connait tout le monde. Les ragots vont bon train. Tout se sait. Les gens se marient entre eux ici alors déjà que Fatima a épousé un Gaouli si en plus, il a un fils caché, je ne te dis pas le scandale pour la famille » expliqua-t-elle.
- « C'est une honte de se marier avec un français pour vous ? » demanda Jeremy soucieux.

- « Mais non, pas pour nous. C'est juste un problème pour les anciens, pour les gens non instruits. C'est comme ça, les traditions ! » affirma-t-elle.
- « Pourquoi ? Tu veux te marier avec moi ? » poursuivit-elle.

Jeremy garda le silence en la fixant exagérément. Il se sentait transi, effrayé. Elle, continuait d'étendre le linge.

- « Franchement j'adorerais ça ! » lâcha-t-il en desserrant le goulot.

La jeune femme eut un spasme près de son œil. Elle n'arrêta pas son ouvrage en tentant de garder le maximum de quiétude. Jeremy s'étonnait de sa propre franchise mais cela ne représentait que la stricte évidence. C'était ce qu'il désirait. Le simple fait de l'avoir dévoilé le soulageait plus que dix mille séances de psychothérapie. Son corps s'était allégé et la sérénité l'étreignait.

- « J'ai passé deux jours à Paris qui m'ont paru des semaines. Tu ne m'as pas quitté un seul instant. Hier soir, tu n'étais pas à la maison et mon cœur a explosé... » dit plein d'allant le jeune homme.

Nora mima le silence en pressant son index contre ses lèvres. Jeremy calma ses ardeurs et accepta de se contenir.
Alors qu'ils descendaient les escaliers en direction du salon, Jeremy affirma :

- « J'étais sérieux en te disant que j'adorerais ça ! »
- « Je le sais » répondit-elle.
- « Comment ? » questionna-t-il.
- « Parce que moi aussi ! Mais ce n'est pas le bon endroit pour en parler. On rentre bientôt à Salé. Tu m'en reparleras là-bas si tu le souhaites !» clôtura-t-elle.

16

L'Adhan de Sobh réveilla Jeremy le jour suivant. Il avait chanté, virevolté dans la voiture sur l'autoroute le ramenant vers Rabat, tel un jouvenceau devant sa promise, tant son cœur était soulagé par les confidences de sa bien-aimée espérée. Le soir, il avait lu un passage du Coran, seul dans sa chambre de la villa à Salé, pour mieux comprendre son environnement et s'en imprégner davantage. Il trouvait de la force dans ses nouvelles convictions mais point d'amalgame dans les sourates qu'il ne comprenait pas. La traduction mots à mots ne reflétait pas toujours le sens des phrases lues. Aussi il s'évertuait à ne simplement retenir que les phrases lumineuses.

En partance pour le golf, il interrogeait son père sur ses rapports avec la religion et les piliers adjacents.
David en respectait bon nombre mais ne pratiquait pas. Il confia à son fils :

- « Je suis croyant. Je suis musulman. Je fais le zakhet, le ramadan mais pas les prières »
- « Et tu bois de l'alcool aussi » enchaina Jeremy.
- « Tu m'as déjà vu ? » demanda David.
- « Euh avec les belges, je crois » dit Jeremy.
- « Non, si tu te souviens bien, c'est Mustapha qui trinquait avec eux. Moi, je buvais du jus de pomme » répondit David.
- « Donc tu ne bois pas d'alcool ? » insista Jeremy.
- « Officiellement jamais mais officieusement ça m'est déjà arrivé avec des clients en déplacement. Je suis un humain ! En tout cas jamais à Rabat. » affirma-t-il.
- « Pour Fatima ? » demandait Jeremy.
- « Principalement. Je suis marié à la meilleure femme possible pour moi. C'est une question de principe » dit David solennellement.
- « Je trouve ça bien » conclu Jeremy.

Le jeune homme conduisait la camionnette sur la longue avenue Mohamed VI.

- « C'est curieux que tu me redemandes cela. On en avait déjà parlé n'est-ce pas ? » demanda le père après plusieurs minutes intrusives.
- « Ça m'intéresse, c'est tout ! » répondit le jeune homme.
- « Hmmm ! Et que s'est-il passé à Ouaouizerth ? » interrogea David.

- « Oh mais rien du tout, tu peux me croire. C'est juste que je m'interroge ! » dit Jeremy.
- « Sur la religion ? » demanda David.
- « Oui, notamment » répondit le jeune homme.
- « Ça ne peut, en aucun cas, te faire de mal. Il y a comme partout des abrutis qui croient à la violence et des gens qui veulent te donner des leçons. Mais la religion, c'est uniquement entre toi et le créateur. Ça ne regarde que toi. Tu es l'unique face à l'unique. C'est comme ton swing si tu le fais naturellement avec les bonnes pensées, le bon geste, la bonne posture, il ne peut rien t'arriver de mal » professa David.

Les paroles sages, d'un homme sage touchaient le cœur du fils inquisiteur.
Mus, qui était venu, une fois n'est pas coutume, avec son véhicule personnel, attendait ses partenaires sur le parking.
En entrant dans le club house, le réceptionniste félicita Jeremy.

- « Bravo pour ton inscription » lança-t-il au jeune homme.

Jeremy hocha la tête en signe d'approbation tout en fronçant les sourcils alors qu'il poursuivait ses acolytes. Les trois allèrent s'asseoir au comptoir du bar où David avait ses habitudes.

- « Bravo pour ton inscription, Jeremy. Tu crois que tu es prêt » demanda à son tour le barman.

Jeremy se tourna en direction de ses deux patrons.

- « Mais de quelle inscription parlent-ils enfin ? » questionna le jeune homme intrigué.

David et Mus rigolaient.

- « Mais enfin, de quoi parlent-ils ? » insista-t-il.
- « Je suis passé par le bureau de la fédération marocaine pour le renouvèlement de notre partenariat et j'en ai profité pour te prendre ta licence pour la prochaine saison. Là, le secrétaire m'a proposé de t'inscrire à la première compétition de l'année organisée sur le parcours bleu dans quinze jours. Cela étant, tu commences à connaitre Mus. Il l'a dit à tout le monde ! »
- « Une compète ? Mais quand ? Je ne suis pas encore prêt ! Je viens à peine de rentrer ! » pestiféra Jeremy.
- « Mais pourquoi l'as-tu dis à tout le monde Mustapha ? » insista Jeremy.
- « Parce que je crois que tu peux faire quelque chose. Parce que ça agace ton père. Parce qu'ici les pros, les caddys et même les joueurs locaux se demandent jusqu'où tu vas aller ! Tu vois, on te met déjà un peu la pression. On veut tous voir ! » répondit Mustapha avec le plus grand sérieux.

- « Ok. Ce n'est qu'une partie de golf après tout. Ok, je la fais cette compétition. Faut bien en faire une première un jour ! » dit nonchalamment Jeremy.

Après leurs déjeuners, les trois hommes accueillaient leurs stagiaires de la semaine. Son travail de logisticien terminée, Jeremy se précipita au practice pour exécuter ses gammes. Entrainement, entrainement, entrainement !

Le soir après le diner, Jeremy s'asseyait sur le rockingchair de son père sur la terrasse de la villa. La fraicheur hivernale ne le repoussait pas. Il observait les étoiles en manipulant une petite balle alvéolée dans sa main droite tout en songeant à sa promise. David l'observait par une persienne discrète. Bienveillant, il finissait par le recouvrir d'une couverture soyeuse.
Jeremy s'astreignait de plus en plus à des séances de gainage. Dès l'aube, lors de l'appel à la prière, il émergeait et se plaçait sur les jointures. Il enchainait les séries puis se recouchait. Avant le petit déjeuner en famille, il exécutait ses exercices qi gong. Dans l'estafette, pendant la conduite, il pressait une balle de tennis pour fortifier ses avant-bras.
Chaque jour, il jouait le parcours bleu comme pour mémoriser chacun des brins d'herbe le composant. Sur les greens, il enregistrait les pentes, la vitesse. Dans les bunkers, il jaugeait le sable, sa consistance, son humidité.
Puis, l'heure venue, il reprenait son emploi comme si de rien, avec sérieux et discipline.

Le jour de la première compétition arriva.
Jeremy était impatient. Il enchainait à la villa les exercices de relaxation. Dans la nuit, il avait fait et refait le parcours.
David convia son fils au petit déjeuner. Jeremy se précipita à table. Devant les yeux ébahis de son père, il engloutit tout ce qui se trouvait à sa portée.

- « Cool fils, tu joues dans deux heures ! » lui fit remarquer David.
- « Dans deux heures ! Waouh, faudrait peut-être qu'on y aille ? » rétorqua Jeremy.
- « Tu as le temps ne t'inquiètes pas ! On est dimanche donc on a quinze minutes de trajet. Tu arrives avec une heure d'avance, tu fais quinze minutes de putting, quinze minutes d'approche et un seau de balle en débutant des fers court vers les bois » lui indiqua son père.

Cette méthode était la base de l'apprentissage dans l'académie. Alterner le putting, le jeu court, les coups spéciaux et le grand jeu à un rythme élevé. Ne jamais rester camper sur un secteur de jeu pour ne pas en restreindre un autre. Ne pas risquer de se déconcentrer, ne pas risquer de perdre confiance, ne jamais imaginer qu'on ne va pas réussir, telle était la devise !
Au putting, dans les séances, il fallait finir par cinq putts à trente centimètres pour finir la séance par cent pour cent de réussite donc par une confiance absolue. Arrêt du jeu court après une approche réussie. Idem pour les coups longs. Finir l'échauffement par le club qu'on jouera en premier sur le tee de départ.

Jeremy l'avait bien enregistré mais David insistait, insistait et insistait encore.
Toute cette préparation devait s'ancrer à l'esprit pour ne devenir à terme qu'un automatisme.
Dans la voiture les menant vers le golf, David lui avait répété les fondamentaux. Il envoyait son fils sur un ring, combattre un parcours qui ne pouvait perdre l'avantage.
A l'accueil, David paya les droits de jeu et Jeremy recevait sa carte. En qualité de joueur non-classé, le nombre de coups rendus était impressionnant. Il partagerait sa partie avec un grand-père maladroit et avec un joueur mal classé.

- « Bon, je te laisse. A tout à l'heure » dit David à son fils.
- « Quoi ! Tu ne viens pas avec moi ? » demanda le jeune homme.
- « Non, tu es assez grand. Ça va bien se passer. Je retourne à la maison On doit préparer la semaine prochaine avec Mus. Je reviens dans cinq heures. Force et honneur fils » entérina David.

Jeremy le regarda s'éloigner.
Il appliqua à la lettre les recommandations qui lui avaient été prescrites concernant l'échauffement. Dix minutes avant le départ, il s'approcha du trou numéro un. Un vieil homme marocain patientait. Trois joueurs se relayaient sur le tee de départ. Les swings n'avaient aucune conformité et les balles s'échappaient de la bonne trajectoire. Cela rassura le jeune homme. Alors que l'équipé de la partie précédente empruntait le fairway, le troisième homme, un français d'une quarantaine

d'années, arriva. Le vieil homme salua ses comparses du jour et proposa l'échange des cartes. Jeremy en profita pour annoncer qu'il s'agissait pour lui, de sa première partie. Les deux autres le tranquillisaient. Ils apporteraient si besoin toute l'aide nécessaire. Les index des deux hommes dépassaient allégrement les trente ce qui indiquait un niveau de jeu médiocre.
Le vieil homme, qui jouait en premier, prit un départ poussif en projetant sa balle à soixante-dix mètres environ après l'avoir topé. Il sourit après coups comme pour mieux se rassurer.
Le second frappa à l'aide son driver de toute ses forces. La balle s'enroula autour du club et prit un effet si prononcé qu'elle sortit de l'emprise du terrain.
Jeremy sentait son corps se raidir. Il plaça sur le tee étagé sa petite balle alvéolée, s'installa bien retrait de celle-ci pour effectuer un swing d'essai, vida ses poumons de l'air contenu et après avoir inspiré doucement, pris place face à la balle. Le déclenchement se fit après quelques secondes, le downswing léger puis le back en accélérant progressivement l'œil rivé sur l'arrière de la balle, les mains en actions, libérées de toutes oppressions, explosion à l'impact et libération du corps en direction de la cible tout en relâchement.
Une sensation de jeu au ralenti l'étreignit. La balle sortit du driver comme un missile s'échappe d'un mirage. Haut dans le ciel, elle ne semblait jamais vouloir redescendre.
Le vieil homme fut abasourdi par la puissance du tir. Le français félicita Jeremy et prit sa place au départ où il retenta de mettre sa balle en jeu.
Jeremy avait palpé la douce félicité qui l'extasiait par moment au practice. La compétition l'accentuait encore un peu plus.

Le papy frappa sa balle deux autres fois tout comme le quarantenaire avant que Jeremy ne soit autorisé à rejouer. La portée de son drive avoisinant les deux-cent-quatre-vingts mètres, il ne lui restait qu'une cinquantaine de mètres à jouer en deuxième coup. Une petite approche tout en douceur plaça la balle à moins de deux mètres de l'objectif sous les yeux impressionnés de ses compagnons du jour. Le vieil homme joua sept coups sur le premier trou, le français six assortit d'une pénalité d'un coup pour sa première balle hors limite. Jeremy avait eu tout le temps nécessaire à la visualisation de la ligne pendant les putts foireux des autres compétiteurs. Quand vint son tour, avec sérénité, il poussa la balle en douceur à l'aide de son putter. Le bruit de la balle cliquetant en entrant dans l'orifice de dix centimètres resonna dans ses tympans.
Premier trou en compétition, premier birdie !
Jeremy bouillonnait de bonheur. Aucun son, ni geste n'accompagnèrent sa réussite, il restait safe malgré l'envie d'exulter.

- « C'est vraiment ta première compétition ? » demanda le Français alors qu'il se rendait au départ du trou suivant.
- « Oui. A vrai dire j'ai commencé le golf à la mi-octobre » répondit Jeremy.
- « Mais de quelle année ? » interrogea le vieil homme.
- « 2021, il y a environ trois mois » répliqua Jeremy.
- « Ben, tu es drôlement doué » lança le Français.

- « Mon père est prof de golf et en ce moment, je ne fais que jouer ! » avoua Jeremy.
- « Moi, je n'ai jamais fait de birdie et je joue depuis trois ans » dit le vieil homme.
- « Ton père est prof de golf et tu es débutant, c'est étrange ? Tu n'avais jamais eu l'envie d'essayer ? » demanda le français.
- « En fait, je ne le connais que depuis trois mois. Je ne savais pas que j'avais un père avant. C'est un peu compliqué ! » clôtura-t-il.

Au trou numéro deux, Jeremy fit le par en assurant ses coups. L'étang placé à droite du green effrayait. La stratégie consistait à ne prendre aucun risque.
Malheureusement, au trois, une balle trop courte au départ suivi d'une approche flyer remirent les compteurs à zéro avec un bogey.
Au trou numéro cinq, Jeremy drivait parfaitement. Il plaça sa balle plein centre juste après les bunkers de fairways à l'ouverture précise du dodleg. Le trou en par cinq ne se situait plus qu'à environ deux cents mètres. Les accompagnants observaient le jeune homme.
Jeremy extirpa de son sac trépied, un bois cinq. Quelques coups d'essai dans le vide, une expiration et badaboum, un swing puissant et fluide, projeta sa balle pleine ligne vers le green. La balle s'arrêtait à une dizaine de mètres de l'objectif.

- « Incroyable » lâcha, interloqué le vieil homme.
- « Rien à dire, c'est juste parfait » enchaina le second.

- « Je vais peut-être prendre des cours avec ton père » dit le vieil homme.
- « Et moi avec toi » enchaina le Français en rigolant.

Jeremy tenta de déchiffrer la ligne. Il ne se sentait pas aussi stoïque que sur les premiers greens. Du coup, son putt fut trop court et celui pour birdie, mal assuré.
Malgré quelques péripéties, il enchaina les trous les uns derrière les autres en assurant pars ou bogeys.
Au départ du trou numéro seize, Jeremy se trouvait à quatre au-dessus du par.
Un coup de bois cinq le portait à cent-dix mètres du trou.
Il choisit un pitching-wedge pour tenter de rallier l'objectif. Le drapeau était placer court du green. Le coup, légèrement grattée termina sa course au fond de la mare. Jeremy s'écroula.

- « Tu fais une partie de dingue, ce n'est rien ! » lui dit avec encouragement le Français.

Un drop, une pénalité et deux putts plus tard, Jeremy se présenta au départ de l'avant-dernier trou. Malgré la préparation physique, il sentait le mental, saturé en ratant à nouveau un putt pour birdie.

- « C'est plus simple en collant la balle au drapeau ! » lui dit le vieil homme en le réconfortant.

Cela regonfla l'orgueil de Jeremy et c'est en guerrier qu'il aborda l'ultime trou du jour. Par quatre, long de trois cent

quarante-sept mètres frangés de chênes et défendu par de multiples bunkers disséminés stratégiquement.
L'attitude à l'adresse en disait long sur son appétence.
Après la routine, Jeremy engagea une rotation très prononcée et le backswing généra une puissance explosive. La balle décolla plein centre, survola les bunkers de fairways placés à tomber de drive régulier, et s'écrasa à hauteur de sandwedge. Jeremy serra le poing en signe d'encouragement.
Avec la même attitude mais tout en relâchement, il délivra un coup de wedge d'une précision telle que la balle mordit le trou et s'arrêta à deux centimètres en arrière. Le vieil homme applaudit.
Jeremy termina le parcours comme il l'avait commencé, par un birdie.

- « Tu as de l'avenir jeune homme » annonça le vieil homme.
- « Bravo, une partie incroyable ! » dit l'autre joueur.

Les cartes, comptées, furent remises à l'accueil.
Jeremy, assommé, s'installa au comptoir du bar.

- « Alors ? » questionna le barman.
- « Soixante-dix-sept » répondit Jeremy
- « Soixante-dix-sept mais c'est dément ! Qu'est-ce que je t'offre à boire ? » proposa le barman.

Avec le nouveau système d'index appelé world handicap système, le nouveau classement de Jeremy était surprenant.

Avec un score de plus cinq par rapport au parcours, combiné au slope et au sss qui offre un coefficient en fonction de la difficulté, au score le plus bas, moins deux points et au bonus pour résultat exceptionnel, Jeremy se retrouvait avec un index scratch.
David avait récupéré Jeremy au club house. Une énorme fierté l'avait transi à l'annonce du score. Jeremy se sentait presque déçu de ne pas avoir fait mieux. Ils débriefèrent sur le chemin du retour.
A la villa, Mus attendait assis sur le rebord du mur d'enceinte.

- « Pourquoi n'es-tu pas entré ? » lui demanda David.

Mus se tourna vers Jeremy.

- « Alors ? » questionna-t-il.
- « Bon, il a fait soixante-dix-sept » annonça David.

Mus restait aphone.

- « Le truc, c'est qu'avec le nouveau système d'handicap, Jeremy est aujourd'hui scratch ! Après une compétition, après trois mois de golf ! C'est juste irréel... » précisa David.
- « Ça doit être un record mondial ! » affirma Mus en apprenant la nouvelle tout en fronçant les sourcils.
- « On est passé pro tous les deux sans jamais avoir approché un tel index » annonça David.
- « C'est vrai ! Mais c'est curieux, non ? » affirma le jeune homme.

- « On va se renseigner sur la validité de ce classement » dit David.
- « Quoi qu'il en soit, c'est prometteur, tu ne trouves pas ? » dit Mus à l'intention de David.
- « C'est sûr ! » affirma David.

Les deux associés fixaient le jeune homme avec fierté. Une rock star était née. Le fils prodigue, le nouveau messie, le talent et encore bien d'autres superlatifs accompagnaient la discussion du début de soirée.
Jeremy appela sa mère, qui ne comprenait pas un traitre mot, du langage de son fils bien aimé.
Lorsqu'il eut raccroché, David l'intercepta.

- « Demain, tu vas nous chercher les filles » exigea-t-il.
- « Oui père, avec plaisir » répondit le jeune homme.

17

Les semaines passèrent.

David avait légitimé le contrat de Jeremy. Une carte d'immatriculation marocaine lui donnait asile sur le royaume en qualité de résident permanent.
Karine avait plutôt bien accepté la nouvelle. Evidemment, elle aurait préféré avoir son fils auprès d'elle ou à une proximité kilométrique raisonnable néanmoins le bonheur du rejeton n'avait aucun prix.
Jeremy enchainait les compétitions de classement du weekend sur les golfs de Rabat, Kenitra, Mohammedia et Casablanca. Son index se stabilisait à deux.
Le jeune homme était devenu extrêmement méticuleux. David lui confiait une partie des stagiaires lors de ses stages. Il avait remarqué l'attirance des dames pour son fils et trouvait le gamin très habile avec elle, pédagogiquement.

Les discussions de début de soirée à la villa en compagnie de Nora le rassénérait. Leur complicité sautait aux yeux. Fatima avait, de prime abord, espéré que Jeremy soit comme un grand frère pour sa petite sœur. Cependant, les signes ne leurraient personne. Le regard de sa petite sœur pour le fils de son mari n'était pas un regard fraternel. David avait prévenu son fils sur la conduite à tenir avec sa jeune belle-sœur. Les interrogations répétées de Fatima à ce sujet, le dérangeaient.
Un soir, après un nouvel épisode inquisitoire, il invita son épouse à consulter directement son fils.

Fatima avait accueilli sa petite sœur dans son antre avec la bénédiction de sa famille, pour qu'elle puisse intégrer l'université prestigieuse, Mohamed V à Rabat Souissi. Les frais de scolarité étaient en partie absorbé par David. La proximité avait rendu possible cette incorporation. Les parents avaient discerné très tôt le potentiel de leur benjamine. Aussi lorsque la jeune femme, après avoir obtenue son bac avec mention, avait émis le souhait de suivre des études universitaires, ils imposèrent Rabat ou la faculté régionale. La jeune femme, passionnée par les sciences choisit Rabat. Son cursus était l'ingénierie.

Fatima frappa à la porte de la chambre de Jeremy. Le garçon ouvrit la battante.

- « Jeremy, j'ai besoin de te parler » annonça Fatima.
- « Euh oui bien sûr ! Maintenant ? » demanda le jeune homme.

- « Oui. Prend ton manteau, on va marcher un peu dans la rue » exigea-t-elle.

Le jeune homme s'exécuta. Un filet de lumière s'échappait du sous-bassement de la porte de chambre de Nora. David était vautré sur son lit et jouait avec son téléphone portable. Fatima appliqua son index sur sa bouche, incitant Jeremy à la discrétion.
Le portillon franchi, Fatima invita Jeremy à faire quelques pas. Il paraissait soucieux.

- « Ne t'inquiète pas, il n'y a rien de grave mais je m'interroge à ton sujet » dit-elle de but en blanc.
- « A propos de quoi ? » questionna Jeremy.
- « Nora ! » répondit-elle.
- « Nora, mais pour quelle raison ? Ai-je fait quelque chose de mal ? » demanda, inquiet, le jeune homme.
- « Mais non, je ne crois pas ! As-tu fait quelque chose de mal ? » enchaina Fatima.
- « Surement pas. Elle est trop bien ta sœur, jamais je ne pourrais faire quelque chose de mal avec elle » répondit-il avec empressement.
- « Donc tu n'as rien pour elle ? » dit-elle, curieuse.
- « Non, enfin si mais euh... »
- « Je le vois Jeremy, dans ton œil, dans l'œil de ma sœur et même dans les yeux de David. Qu'est-ce que vous me cacher ? » insista-t-elle.
- « Ok. Je me sens amoureux d'elle mais je n'ai rien fait de mal et je ne lui ai pas dit » avoua Jeremy, presque honteux.

- « Bien. Tu as bien fait d'être honnête avec moi. Je vois l'homme que tu es. Je te vois grandir près de mon mari. Je suis certaine que tu serais un bon mari pour ma sœur. Je suis responsable d'elle ici, ne l'oublie pas ! » lui dit Fatima.
- « Un bon mari ? » dit-il, ahuri.
- « Oui, un bon mari. Tu sais au Maroc, tu ne peux pas fréquenter une fille sans en demander la permission à sa famille, hormis les femmes de petites vertus mais ça, ce ne sont pas nos affaires. Et si tu demandes à fréquenter une fille, c'est en vue de l'épouser. Nora a déjà eu pas mal de demandes » affirma-t-elle.
- « Oui, elle me l'a dit » répondit instinctivement le jeune homme.
- « Voyez-vous ça ! Elle t'a parlé de ses demandes en mariage » enchaina Fatima.

Jeremy écarquillait les yeux et le souffle coupé, ne parvenait pas à répondre.

- « Allez, on rentre. Je sais ce que je voulais savoir. Merci d'ailleurs, je vais un petit mieux dormir ce soir » dit-elle ironiquement en enserrant le coude de son beau-fils.

Après quelques pas, Jeremy s'arrêta.

- « On pourrait commencer par des fiançailles » proposa Jeremy

- « Demande lui » répondit Fatima.
- « Crois-tu qu'elle va accepter ? » demanda le jeune homme.
- « La question est plutôt, est-ce que notre famille va l'accepter ? Et toi, es-tu prêt à faire la chahada ? » questionna Fatima alors qu'ils arrivaient devant l'entrée de la villa.
- « Je vais faire cette profession de foi. Il y a une raison à ma présence ici. C'est le mektoub ! Parle à ta sœur pour moi. Dis-lui bien qu'elle pourra continuer ses études, que je lui laisserai vivre sa vie. » dit Jeremy plein d'allant.
- « Je vais déjà en parler à ton père pour savoir ce qu'il en pense » conclu-t-elle en pénétrant dans l'entrée assombrie.

Au petit déjeuner, Jeremy scrutait les iris de son père et de sa belle-mère à la recherche d'indication. Nora semblait joyeuse, Fatima détendue, David serein.
Jeremy se sentait oppressé. Il hésitait à prendre la parole de peur d'anéantir l'ambiance. Les « Bismillah » de chacun annonçaient la rupture du jeun de la nuit.
Jeremy se lança.

- « Ach adou an la illaha illa lah, wa ash adou mohammadan rassoul allah »

Le monde se figea. Nora restait avec sa main placée devant sa bouche tenant une viennoiserie. Fatima, les yeux rougissants et fiers le contemplait. David lui restait stoïque mais totalement immobile en mode pause.

- « Macha allah » fini par lâcher après quelques instants, Nora stupéfaite par la révélation.
- « Et tu as quelque chose à ajouter, fils ? » questionna David.
- « Merci pour votre accueil, merci de m'avoir appris la religion, merci pour cette vie que j'ai aujourd'hui. J'entre dans cette religion avec fierté » affirma Jeremy.

Nora ne put s'empêcher de retenir ses larmes suivit bientôt par sa grande sœur. David n'en menait pas large et enjoignait son fils à le suivre lorsque Mus arriva.
Le silence était pesant presque insupportable dans l'estafette. Mus le rompit.

- « Mais enfin, quelqu'un va-t-il me dire ce qui se passe ? » questionna-t-il.
- « J'ai fait la chahada au petit déjeuner » répondit Jeremy.
- « Macha allah » lança Mus en réponse automatique.
- « Alors maintenant tu es mon frère. Tu vas apprendre à faire la prière et tout et tout » taquina-t-il.
- « Je ne sais pas. Surement ! J'ai senti qu'il fallait que je le dise » affirma le jeune homme.
- « Tu ne dis rien mon frère ? » demanda Mus à David qui restait impassible.

- « Je sais que tu le fais pour Nora ! » dit-il en fixant son fils.
- « Non, pas uniquement pour elle. Je le fais aussi pour appartenir à ce monde qui m'a tendu les bras, je le fais parce que je n'avais plus de repère dans ma vie en France, pas d'avenir, pas même d'espoir. Je le fais parce que tu es mon père et que je veux faire ce que tu as fait » répondit Jeremy affecté.

David valida en enserrant l'épaule gauche de son enfant et en hochant la tête de bas en haut.

Arrivé au golf, Jeremy reprenait machinalement ses esprits en appuyant sur un reset cérébral très personnel. Enseignement, travail individuel, accompagnement, corvée, tout était réalisé sans broncher dans le plus grand sérieux.
Le sobriquet « champion » lui avait été affublé par le personnel du golf et c'est ainsi qu'il était salué chaque matin. Un des jeunes caddys avec qui Jeremy avait lié des liens amicaux le prévint de l'émergence d'un grand prix à Mohammedia sur le parcours de Rachid. David et Mus trouvaient intéressante l'idée de confronter leur padawan à l'élite du golf amateur marocain. David s'occupa des modalités d'inscription. Jeremy allait devoir élever son niveau de jeu.

Le soir venu, Fatima attendait les hommes dans le salon. Le grincement du portillon l'avertit de leur arrivée. David pénétra dans sa demeure et embrassa son épouse pendant que Jeremy transvasait le matériel vers la remise. Elle proposa à son époux de se détendre dans un bain. Le chauffage avait été installé. La pièce était à température ambiante. Tout était préparé pour une délicieuse relaxation. David appréciant la proposition s'y rendit avec empressement. Jeremy entra quelques instants plus tard. Fatima l'attendait. Elle l'invita à s'asseoir près d'elle. Jeremy sentit ses pulsations cardiaques s'accélérer.

- « J'ai parlé avec ma sœur quand elle est rentrée tout à l'heure et malheureusement...»
- « Malheureusement ? » coupa Jeremy.
- « Elle est d'accord ! » annonça Fatima en rigolant.
- « D'accord ? » demanda le jeune homme.
- « Pour les fiançailles » continua-t-elle.

La surprise était de taille. La grande sœur n'avait pas perdu de temps ! Jeremy était un peu pris de court.

- « Et comment on s'y prend, je n'ai jamais fait ni même été à des fiançailles ? » interrogea-t-il.
- « Tu devrais aller voir Nora maintenant ! » proposa-t-elle.

Jeremy approuva et courageusement se dirigea vers la chambre de sa promise. Il était pétrifié mais tentait de le dissimuler. Il frappa à la porte. Elle ouvrit et se figea.

- « On peut se parler ? » demanda Jeremy.

Nora hocha la tête en signe d'acceptation. Son regard était intense et grave. Ses deux bras s'étaient croisés et ses mains agrippaient le tissu de son chemisier.

- « Je viens de parler avec ta sœur et elle m'a dit qu'elle t'avait parler » dit-il timidement.
- « Euh oui ! » lâcha-t-elle.
- « Donc tu serais d'accord ? » demanda-t-il.
- « D'accord pour quoi ? » questionna-t-elle.
- « Pour des fiançailles » insista-t-il
- « Oui mais avec qui ? » enchérit-elle.
- « Mais avec moi enfin ! » conclu Jeremy, irrité.

La jeune femme se moquait de lui et riait. Jeremy compris l'espièglerie dont il avait été victime et se gaussa à son tour. Nora s'approcha du jeune homme qui s'immobilisa et l'embrassa tendrement. Les sens en ébullition, le jeune homme demanda.

- « Donc c'est oui ! »
- « Bien sûr ! » lui dit-elle avant d'enchainer
- « Mais tu vas devoir demander ma main à mon père. C'est comme ça chez nous ! »
- « D'accord. Est-ce que je pourrais avoir encore un petit bisou pour me donner du courage » demanda-t-il en joignant ses deux mains comme une prière.

Nora pointait son index droit sur sa bouche et dirigeait son index gauche en direction du salon où se trouvait sa sœur.

A nouveau, ils s'embrassèrent avec passion et discrétion.

18

L'effervescence était à son paroxysme sur le tee de départ du trou numéro un au premier jour du grand prix de Mohammedia. Pour l'occasion David accompagnait son fils en qualité de caddy. La reconnaissance du parcours s'était bien déroulée, la veille. David, qui connaissait bien le tracé avait concocté un plan sécuritaire pour ce premier jour. L'élite du golf amateur marocain était présent. La tension était palpable. Aucun argent en jeu, les jouteurs ne combattaient que pour un titre et une coupe. Jeremy s'était entrainé comme un gladiateur en vue de ce premier tournoi à l'échelle fédéral. Son père, tel un maitre Jedi, avait parfait son éducation. Nora et Fatima avaient insisté pour être présentes mais David, en père protecteur les avaient gentiment écartées pour la première journée. Les partenaires de Jeremy affichaient un index légèrement plus bas et étaient bien plus expérimentés.
L'échauffement s'était bien déroulé et Jeremy patientait en se concentrant sur sa respiration.

Le starter appela les compétiteurs. Il annonça l'ordre de départ.
Jeremy partait en troisième.
D'une longueur de trois cent cinquante mètres à réaliser en quatre coups, le trou numéro un permettait aux joueurs d'entrer dans la partie convivialement.
Le premier joueur mis en jeu fort et droit à l'aide de son driver.
Le second, plaça avec un fer se laissant un long second coup.
David proposa un bois cinq, intermédiaire, à son fils. Jeremy obtempéra et frappa la balle plein centre.
Avec un fer neuf en second coup, il prit le green en régulation, se laissant un putt d'environ sept mètres.
Les deux autres joueurs avaient également rallié la terre promise avec des tactiques différentes.
Les trois joueurs assurèrent leurs pars et enchainaient avec le deuxième trou.
Les joueurs gardaient le même ordre de départ qu'au trou précédent.
Un par trois long de cent quatre-vingt-sept mètres s'érigeaient devant eux.
Le premier joueur atteignit le cœur de green avec son fer quatre. Le second moins puissant se plaça à l'entrée du green avec un petit bois.
David sortit un hybride du sac et demanda à son fils de le jouer relax.
Jeremy souhaitait frapper un fer cinq avec plus de rythme. Le père n'insista pas.
Le jeune homme se présenta devant la balle, fit sa routine et s'élança.
Au moment de frapper sa balle, il sentit son corps et ses mains se contracter vivement. Cela provoqua un effet inattendu à la

balle qui sortit très à gauche de sa ligne pour finalement, s'écraser sur un arbre bien avant la cible.
Jeremy poussa un cri de dépit.

- « Ce n'est rien fils, la partie démarre. Il va forcément y avoir du déchet. L'important maintenant, c'est de réfléchir à comment te mettre dans une bonne position » dit-il à son fils pour le recentrer.
- « J'aurai dû t'écouter et prendre l'hybride » répondit Jeremy.
- « Non pas spécialement ! D'ailleurs, je pense qu'inconsciemment, tu as dû y penser avant le swing, peut-être pendant même et cela t'a conduit à ce résultat » analysa-t-il.
- « Tu crois ? C'est dingue, non ! » dit le jeune homme.

La balle avait trouvé refuge à l'aplomb d'un pin. Dans la ligne se trouvait un grand et profond bunker. Les Co-compétiteurs étudiaient leurs putts à venir.
Jeremy estimait possible d'atteindre le green malgré la position très inconfortable.

- « Oui, tu peux le faire mais le risque est grand que tu grattes la balle puisque tes pieds sont plus bas. Le sol est extrêmement sec et sans herbe donc ta balle ne va quasiment pas monter et soit tu vas dans le bunker soit tu survole le green soit encore pire. Franchement, joue en arrière vers l'entrée de green, approche, putt et tu t'en sors avec un bogey au pire ! » estima David.

Jeremy pris cette option et réalisa le bogey après une approche donnée.
Les autres joueurs réalisèrent le par.
Au troisième trou, un par cinq de quatre cent quatre-vingt-seize mètres, Jeremy et le premier joueur réussirent le birdie, ce qui replaça square le jeune homme.
Le trou suivant, il refit un bogey avant de réussir un nouveau birdie sur le sept, un court par cinq.
Sur le trou numéro dix, un par quatre de deux cent soixante mètres, Jeremy tenta de placer sa balle en un coup avec son driver. La balle mal contactée finit sa course laborieuse dans l'étang placé en aval, pour un double bogey en résultat final.
Le retour fut laborieux. Au dix-huit, Jeremy retrouva l'eau au second coup et termina également par un double bogey qui l'assomma.

Au recording, les joueurs vérifièrent et signèrent leurs cartes.
Malgré ses déboires, Jeremy rendaient une carte de soixante-dix-neuf soit plus huit coups.
David le félicitait.

- « Comment peux-tu me féliciter avec un score pareil ? » interrogea Jeremy.
- « Je crois que tu ne te rends pas compte fils. C'est un grand prix. Il y a beaucoup de pression, des supers joueurs et tu es débutant. Un vrai débutant ! Tu devrais jouer des compétitions de classement

avec des pépés et toi, tu es là. Moins d'un pour cent de joueurs parviennent à ce niveau. Tout ça en moins de six mois ! Donc, je te le redis, bravo mon grand ! » répondit David.

Il fallait relativiser. Jeremy analysait et approuvait.
Le soir venu, il retrouvait sa promise. Comme une source de jouvence, sa compagnie annihila toute forme de pensée négative résistante.

Le regard avait changé au matin du second jour. Il n'y avait plus d'appréhension. La concentration, l'envie et la détermination avait remplacer l'angoisse et la découverte. Les filles étaient attablées au club house quand père et fils arrivèrent au tee de départ. Deux joueurs au classement plus modique partageaient la partie de Jeremy. Le joueur en tête possédait six coups d'avance, fort d'un soixante-treize. Aussi, c'est sans pression que l'équipée abordèrent le second jour.

David présenta le bois cinq à Jeremy comme la veille. Jeremy le replaça dans le sac et sortit le driver qu'il frappa tout en vitesse et fluidité.
La balle se posa plein centre du fairway à moins de soixante-dix mètres de l'objectif. L'approche qui suivit frappa le mât. La balle, assommée, s'évanouit à quelques centimètres de son dortoir. Birdie donné ! David parut impressionné par la maitrise de son fils.
Au trou suivant, Jeremy sortit avec autorité un fer cinq avant même que son père ne lui propose de club. Après sa routine, il frappa la balle avec réussite. Sur le green, les trois mètres

furent avalées sans que la balle ne sorte de sa ligne, pour un deuxième birdie de rang. David resta sans voix.
Au troisième trou, il enchaina par un nouveau birdie. Ce qui le plaça à moins trois après trois trous. Les trous suivants, il assurait le par non sans avoir tenter meilleur résultat.
Au dixième trou, David proposa un fer sept à son fils qui le refusa. Il insistait pour driver et atteindre le green du court par quatre, en un coup. David ne comprenait pas cet entêtement.

- « Jeremy, tu es à moins trois. Je ne devrais pas te le dire mais c'est exceptionnel. Assure avec ton fer sept au milieu et tu te laisses un wedge en second coup. Tu peux faire un birdie comme ça ! » lui dit-il.
- « C'est sûr mais j'ai envie d'essayer de la mettre au drive. Laisse-moi faire » demanda-t-il.

Le coup était délicat à cause de l'étang placé devant le green et par l'étroitesse de la plateforme d'appontage.
Jeremy souriait devant ce challenge. David avait sa main droite entrebâillée, collée devant ses yeux.
Le swing propulsa la balle vers la gauche du green. Jeremy avait imprimé un fade pour que l'ogive contourne l'obstacle d'eau. L'effet coupé, arrêta rapidement la balle en atterrissant sur le green à quelques mètres de sa cible sous les regards stupéfiés des observateurs.

- « Tu es complètement dingue, fiston ! » dit David.
- « Je n'ai rien à perdre donc j'attaque et on verra bien » répondit Jeremy.

Sur le green, une occasion d'abaisser le score de deux points se présentait. La balle était resté sous le trou, aucune pente en travers. Jeremy putta sans même réfléchir et la balle atteignit le plein cœur de la cible sous les applaudissements des badauds. David observait son fils enchainer les birdies sur les trous suivants. Au départ du dix-huitième et dernier trou, son score était de moins huit sous le par. Un par suffisait au jeune homme pour terminer square sur l'ensemble du tournoi. Le trou se défendait bien.
Jeremy frappa son coup sans trembler. Les autres joueurs ne faisaient que de la figuration et était spectateur de la partie. La portée était bonne mais le placement sur la gauche impliquait un survol de l'eau pour atteindre le petit green au coup suivant. Jeremy n'hésita pas et frappa sa balle en direction du mât. Le cœur de David s'oppressa au point qu'il ne parvenait plus à inspirer. La trajectoire s'éleva comme une chandelle ovalie. La balle survola la mare et retomba comme une pierre à quelques centimètres de sa terminaison ultime.
Jeremy s'encouragea en levant le bras droit vers le ciel. David plaça ses deux mains sur sa tête comme si le ciel venait de lui tomber dessus tout en expirant son soulagement. Un des joueurs riait, l'autre hochait sa tête de droite à gauche de manière invariable. La balle était placée si près du mât qu'on l'invita à en terminer.

- « Tu sais qu'avant les grands prix se déroulaient sur trois jours ? Depuis le covid, ils ont ramené ça à deux. Heureusement parce que je ne sais pas si j'aurai pu supporter une autre journée » dit David.

- « Pourquoi ? Waouh, c'était top ! » lâcha Jeremy.

Les Co-compétiteurs en finirent à leurs tours avec des fortunes diverses.
Au recording, alors qu'il annonçait son score trou par trou, le visage du préposé aux cartes se pétrifiait. Il additionna pour finalement, obtenir le chiffre de soixante-deux. Il recompta à nouveau pour un résultat identique.

- « Bon avec un score pareil, tu es en tête » annonça-t-il sans surprise.
- « Je crois même que c'est le record du parcours chez les amateurs » enchérit un accesseur.
- « Abdelhak Sabi il y a cinq ans, euh non, tu as raison, il avait joué soixante-trois » conclu le préposé.

Félicité par ses deux compères de jeu, Jeremy rejoignit son père qui l'attendait devant le bureau de comptage.

- « On va rejoindre les filles et manger un morceau » proposa Jeremy.
- « Tu as joué un soixante-deux ! » répétait David, incrédule.
- « Oui papa. Ça fait trois fois que tu le dis » dit Jeremy.

Les filles s'étaient longuement promenées sur le domaine. David leur avait donné un créneau horaire et un lieu de rendez-vous.

Ils se retrouvèrent ainsi, au restaurant du club.

- « Tu as bien joué » demanda Nora.
- « Oui pas mal ! » répondit Jeremy modestement.

Fatima et Nora scrutaient le visage devenu livide de David.

- « Ben, tu ne dis rien mon chéri » questionna Fatima
- « Soixante-deux » dit David.
- « Il n'a rien pu dire d'autre depuis qu'on a fini le parcours. On dirait que son cerveau a disjoncté » constata Jeremy.
- « Waouh, soixante-deux ! Mais ça fait quoi, moins huit ! » dit Fatima.
- « Moins neuf » affirma David.
- « Mais c'est un score de professionnel ! » assura Fatima.
- « Un score de joueur du tour et encore. Un score exceptionnel ! » dit David toujours sous le choc.
- « Mais tu étais avec moi sur le parcours. Pourquoi cela te trouble seulement maintenant ? » questionna le jeune homme.
- « Je n'avais pas pris la portée du truc ! J'étais dans les notes. Enfin, bravo, c'était une superbe partie » dit le père en reprenant ses esprits.

Un serveur arriva pour proposer les menus. Rachid, qui terminait son déjeuner, vint saluer la famille.

- « Tu avais raison, le petit a quelque chose » lui dit David alors qu'il enserrait sa main.
- « Oui, j'ai vu un beau soixante-dix-neuf hier. Ça a été aujourd'hui ? » demanda-t-il.
- « J'ai joué soixante-deux ! » dit alors Jeremy, fièrement.
- « Il est sérieux ? » questionna Rachid en regardant le visage de David qui hochait la tête de haut en bas.
- « Je te l'avais dit, je te l'avais dit ! » insista-t-il en tapant dans ses mains.

Rachid se gaussait. Les femmes étaient médusées par la réaction du coach. David acquiesçait. Jeremy paraissait déconcerté.

- « Mais ça veut dire quoi exactement ? » questionna Nora à l'attention de son fiancé.
- « Ça veut dire qu'on a assisté à la naissance d'un champion, ma fille » dit Rachid sans laisser le soin à Jeremy de répondre.
- « Il y a encore plein de boulot » riposta David.
- « Ouai mais tu sais que pour gagner le mec en tête doit jouer moins quatre aujourd'hui et personne ne le fera sois en certain » affirma Rachid avant d'enchainer.
- « Et le vainqueur du grand prix se verra attribuer une invitation pour le prochain open de Mohammedia professionnel pour le pro golf tour. »
- « Donc ? » interrogea Jeremy.

- « Mais c'est une porte d'entrée au circuit pro » dit Rachid.
- « Je descends voir où en sont les autres joueurs ! » enchaina-t-il avant de sortir du restaurant.

Nora posa sa main sur l'avant-bras de son fiancé comme pour le soutenir. Les plats arrivaient. Pendant le repas, Fatima détailla la ballade effectuée avec sa sœur sur le domaine comme pour détendre l'atmosphère devenu pesante.

Comme l'avait pressenti Rachid, aucun joueur ne parvint à jouer sous le par. Le second affichait un score de plus trois au cumul des deux jours. Sous les regards de ses proches, Jeremy leva le trophée. David, Nora et Fatima le mitraillèrent avec leurs smartphones pour immortaliser le moment. Jeremy était bouleversé. Ne manquait que la présence de sa mère pour parfaire le tableau.

Le cancre s'était métamorphosé en jeune premier, le paumé en gagnant, l'indécis en amoureux, l'incroyant en croyant.
Le trophée en main, Jeremy et sa cohorte regagnèrent le parking sous les félicitations diverses.

- « C'est ce que je veux faire ! » annonça-t-il.
- « Il va falloir te préparer, t'entrainer encore plus. C'est un très long apprentissage » avertit son père.
- « Je ferais ce qu'il faut mais avant il faudrait qu'on invite la famille de Ouaouizerth à la maison » dit le jeune homme.
- « Pour quelle raison ? » demanda le père.

- « Je dois parler au papa de Nora » répondit Jeremy sous le regard ému des deux jeunes femmes.
- « Tu as raison mon fils, derrière chaque grand golfeur se trouve une femme exceptionnelle mais c'est à toi de te rendre chez lui et pas l'inverse ! » attesta David.

19

Les examens de Nora avaient eu lieu mi-juin. Jeremy s'entrainait sans discontinuer pendant ce temps. Le mois précédent, les jeunes amoureux avaient eu rendez-vous au consulat de France et après entretien, Jeremy avait obtenu le certificat de capacité de mariage nécessaire pour tout ressortissant étranger.
David l'avait déchargé des accompagnements sur parcours pour qu'il se centralise sur ses gammes. L'été arrivait. Pour l'académie, c'était une période transitoire. La trêve estivale s'étalait de juillet à fin août chaque année.

Nora allait rejoindre ses parents pour les grandes vacances dès la fin de ses épreuves. Jeremy avait accepté l'idée de rentrer en France pour participer aux grands prix et ainsi continuer à emmagasiner de l'expérience. Karine était aux anges. Le repas de clôture entre les familles de Mustapha et David avait eu lieu la veille. David confiait un double des clés de la villa à son ami pour l'entretien courant. Les valises et sacs de voyage était chargées dans l'estafette qui démarra au matin.

Après trois heures sur l'autoroute, le véhicule se dirigea vers les montagnes et une heure plus tard arrivait à destination. La chaleur était étouffante et sèche comme un brasier proche. La famille accueillait les sœurs et le beau-frère dans un concert de youyou et sous les rires sincères. Les étreintes franches réjouissaient le cœur de Jeremy. L'air était suffocant au moins autant que sa noble mission.
Il avait répété son discours à de multiples reprises mais se sentit transi d'effroi en croisant le regard du patriarche. Il fallait trouver le moment propice pour faire sa demande. Il fallait également trouver le courage pour affronter ses propres peurs. Nora en valait la peine. Elle comptait sur lui. David s'en délectait à l'avance. Il avait dû passer par là bien des années auparavant. Fatima rigolait à gorge déployée en observant son futur beau-frère, livide.

Toute la famille était réunie dans le salon où un repas d'accueil était servi. Jeremy était assis à proximité de Nora, elle-même à demi enfoui dans les bras de sa procréatrice. Le maitre des lieux étudiait Jeremy comme s'il allait le sonder. Les frères fixaient le jeune homme intensément. Au bord du malaise, le jeune homme se redressa.

- « Oh qu'est-ce qu'il fait chaud ? » dit-il le souffle coupé.
- « Tu n'aurais pas quelque chose à me demander ? » interrogea le vieil homme le visage plissé.

- « Vous n'auriez pas un verre d'eau ? » se risqua à dire le jeune homme.

L'assemblée éclatait de rire. Les francisés traduisaient et les rires éclataient de plus belle.
Nora enjoignait Jeremy par un geste à prendre ses responsabilités puisqu'on l'y invitait.

- « En fait, je suis venu vous demander la main de votre fille » dit Jeremy en tentant de demeurer placide.
- « Tu es musulman ? » questionna le père en réponse.

Jeremy se sentait scruté de toute part. Une myriade d'yeux le dévisageait. L'assurance et la désinvolture qu'il dégageait sur un parcours de golf l'avait abandonné. Alors il expira profondément et répondit.

- « Bien entendu, je suis musulman et fier de l'être »
- « Alors, je suis d'accord si elle t'a choisi » dit le doyen.

Les cris de joie retentirent et les femmes s'embrassaient. Nora, la vaillante, pleurait à chaude larmes. David enserra son fils avec un large sourire bientôt suivi par tous les hommes de la maison. Jeremy respirait enfin.

- « Donc on va faire les fiançailles demain » annonça le père de Nora.

- « Quoi déjà ? » murmura Jeremy étonné à l'oreille de son père.
- « Oui, il savait. La famille et les amis ont déjà été pré-invité » répondit hilare David.
- « Vous m'avez berné en beauté » rétorqua Jeremy.
- « Non, Nora n'était pas au courant. C'est Fatima qui a parlé à son père et à sa mère. Elle est contente pour sa sœur. Tu vas devoir assumer maintenant. Ça va aller ? » questionna David.
- « Bien sûr. J'ai besoin d'elle » conclu-t-il.

Jeremy se retira peu après, prétextant de la fatigue dû au voyage et à la chaleur. Le salon de passage dans lequel il s'était réfugié s'apparentait à un sauna. La sueur dégoulinait. Un coup de fil rapide pour informer sa mère et il s'étendit sur les coussinets au sol pour retrouver un peu d'assise mentale. La fraicheur des bois, la moiteur de la côte atlantique et ses alizées lui manquaient. L'agitation l'avait ébranlé. Les yeux clos, il se projetait dans son futur. Les spectateurs au bord des fairways applaudissaient à chaque coup. Des caméras étaient présentes. On l'interviewait en direct sur une chaine câblée spécialisée.

La porte s'entrouvrit. Nora entra dans la pièce avec un broc d'eau fraiche et un verre.

- « Tu es content ? » demanda-t-elle.
- « Oui. Ça s'est plutôt bien passé ! » répondit-il.
- « Mon père m'a demandé si on avait prévu une date de mariage »

- « Pour noël, ça serait bien ! Mes parents pourraient venir et ça nous laissera un peu de temps pour nous préparer » proposa Jeremy.

Nora avait validé la proposition et après avoir étreint son fiancé, était partie rejoindre l'assemblée.
A la tombée de la nuit, Jeremy se réfugia sur le toit avec son putter et son fer sept. La chaleur était toujours présente. L'air semblait chargée de poussières sablonneuse. La peau suintante agrippait les particules volages.
Jeremy s'exerçait en swinguant dans le vide. Un paillasson avait remplacé le gazon. Jeremy le balayait inlassablement à l'aide de son club. Les toits des casbahs alentours étaient fréquentés par les autochtones échaudés.
Le patriarche vint proposer au jeune homme de le guider pour la prière du soir. Tous les hommes étaient présents. Jeremy accepta non sans frémir.
Il lâcha son club et se rendit à la salle d'eau pour faire ses ablutions. Nora lui avait expliqué la procédure mais le jeune homme n'avait jamais pratiqué.
Les pieds nus humides, il se rendit dans le grand salon où six hommes patientaient. On l'invita à se placer derrière le patriarche qui commença ses incantations. Bien qu'angoissé à leur contact, il se prêtait à l'exercice en se fiant au guide placé devant lui. A l'issue de sa prière, il en sortait apaiser.
Il s'empressa de retrouver Nora qui achevait le même exercice.

- « Tu as été prié avec les hommes ? » lui demanda-t-elle.

- « Oui et j'ai adoré ça ! C'est comme le qi gong, ça canalise mes pensées » répondit-il.
- « Et tu vas continuer ? » enchérit-elle.
- « Je vais essayer. Je veux être le meilleur mari pour toi » affirma-t-il.
- « Demain c'est la fête, il faut nous reposer » dit la jeune femme.
- « Je retourne sur mon toit. Je pense que je vais y dormir !» répondit Jeremy en recevant une caresse sur le visage.

A l'aube, l'Adhan sortit Jeremy de sa nuitée sous les étoiles. La vie avait repris dans la maison. Naturellement, le jeune homme se rendit à la salle d'eau pour effectuer les ablutions obligatoires. Le père s'essuyait les bras.

- « Veux-tu te joindre à nous, à nouveau ? » demanda-t-il.
- « Je suis descendu pour cela ! » affirma Jeremy sous le regard apprêté de son futur parâtre.
- « Alors nous t'attendons ! » dit le patriarche.

Plus tard, dans la matinée, David retrouva son fils sur le toit.

- « Tout le monde s'active en bas ! » dit-il au jeune homme.
- « Comment ça va mon père ? » demanda Jeremy.
- « Mais super bien mon grand ! Fatima me dit que l'Adoul de la famille peut être là aujourd'hui et que cela ferait plaisir à tout le monde » enchaina-t-il.

- « L'adoul ? Mais c'est qui l'adoul ? » interrogea Jeremy.
- « En fait, c'est un notaire local. Quand tu te maries, c'est lui qui fournit le certificat marocain et... »
- « Ouai c'est une bonne idée » répondit le jeune homme coupant la parole de son père.
- « Tu es sûr de toi ? » demanda David.
- « Je n'ai jamais été aussi sûr de quelque chose. Faisons-le ! » dit-il.

David accompagna son fils chez un tailleur local de la petite bourgade qui lui confectionna un costume express. Rendez-vous était pris chez le coiffeur-barbier de la rue, qui tel un artiste sculpta le cuir chevelu du jeune éphèbe. Nora suivait le même protocole. La tension montait. L'effervescence autour de la maison familiale atteignit son paroxysme à l'arrivée de l'adoul, qui pénétrait difficilement dans l'antre submergée. Jeremy attendait assis au milieu du salon. David était placé sur son flanc droit.

- « Impressionnant tout ce monde ! » affirma Jeremy.
- « Surtout que tu ne connais personne » répondit David.
- « Je commence à me sentir mal ! » dit Jeremy.
- « C'est normal ! Crois-moi ça va bien se passer ! » certifia son père.

Soudain, des cris de femmes retentirent. Un couloir s'ouvrit au milieu des convives où s'engouffrait Nora.

Elle précédait toute une cohorte de femme affublées de costumes traditionnelles.
Nora portait un caftan blanc et doré. De multiples dorures la paraient. Un voile du même acabit lui couvrait la face.
La tension était palpable. Jeremy semblait pétrifié. Nora alla s'asseoir à ses côtés. Elle releva son voile laissant apparaitre un visage outrancièrement maquillé. Elle offrit un sourire à son fiancé qui d'un coup, décompressa.

L'adoul prit la parole et l'ensemble des pèlerins s'interrompirent.

- « Nora. As-tu choisi cet homme pour mari ? » demanda-t-il
- « Oui, je l'ai choisi » répondit-elle.
- « Et vous, avez-vous choisi cette femme pour être votre épouse ? »
- « Oui, je l'ai choisi » répondit Jeremy.
- « Donc j'ai les documents, le ccm, les pièces d'identité. Ah, il n'y a pas le certificat de conversion à l'islam. Etes-vous musulman ? » demanda l'adoul.
- « Oui, il fait la prière avec nous » assura le patriarche.
- « Bien, je vais m'occuper du certificat de conversion. Voilà, pour moi c'est bon. Vous êtes marié ! »

Les cris de félicitation retentirent. Nora fondait en larmes ce qui entraina une marée de pleurs féminins. La liesse semblait démesurée. Jeremy enserra la main de sa fraiche épouse qui sanglotait. Les belles-sœurs apportaient des plateaux chargés de victuailles. Les invités commençaient à se sustenter. Un par un, au fur et à mesure, ils vinrent féliciter le jeune couple. Jeremy était contraint de patienter, assis, pour ne frustrer personne. Son estomac gargouillait comme pour réclamer sa pitance mais son esprit le lui refusait. David était resté discret à ses côtés.

- « Je m'interroge mon fils ! » dit-il sous le regard suspicieux de Jeremy.
- « On maintient la grande fête de mariage prévue à noël ? » demanda-t-il.
- « Il faut que je fasse un truc pour maman, pour Mus, les copains et même les copines de fac de Nora. Il faut aussi que je fasse les démarches en France, à la mairie quand je vais rentrer. Je vais avoir de quoi m'occuper mais pour le moment, j'ai une autre chose à faire !» répondit le jeune homme.

A ce moment, il exigea des invités un moment de silence. Tous les convives s'immobilisèrent suspendus aux lèvres du jeune homme. Jeremy plaça sa main dans sa poche droite d'où il extirpa un écrin duveteux. Il l'ouvrit face à partenaire. Nora valida par un hochement de tête. Jeremy lui saisit l'annulaire sur lequel il fit coulisser le présent scintillant.
L'union était scellée sous les regards compatissants de leurs proches.

20

La nuit avait été tendre et romantique pour le jeune couple fraichement uni. Néanmoins aucune consommation n'eut lieu dans la demeure parentale. Respectueux de l'usage, ils convenaient de patienter jusqu'au mariage définitif nommé « la grande fête ». D'innocentes étreintes les avaient contenté. Jeremy avait le cœur gros à l'idée de quitter son amour qu'il savait ne plus revoir de l'été. Qu'elle allait être longue cette attente !

David emmenait son fils, seul, à l'aéroport de Marrakech, le jour suivant. Nora demeurait entourée des siens en apercevant le véhicule transportant son jeune époux, disparaitre entre les constructions voisines.
La chaleur était écrasante lorsqu'ils sortirent de l'estafette climatisée sur le parking de l'aéroport. Jeremy agrippait son sac de golf et David tirait la valise. Une fois l'enregistrement

terminé, les deux hommes s'enlacèrent. David tendit une enveloppe à Jeremy.

- « C'est pour tes frais en France ! » dit-il.
- « Oh mais il y a beaucoup trop ! » constatait Jeremy en ouvrant le paquet.
- « Ce n'est que la partie de ton salaire que j'économisais pour toi » rétorqua le père en s'amusant.
- « Merci papa. Je t'appelle en arrivant » dit-il avant de s'engouffrer vers l'embarquement.

A l'aéroport d'Orly, Jeremy attendait ses bagages auprès du tapis roulant. Les passagers ponctionnaient un à un, leurs valises et disparaissaient. Une malheureuse enfilait les tours sans être récolter. Ni bagage, ni sac de golf à l'horizon ! L'angoisse naissait. Les minutes défilaient. Seul dans l'aérogare, Jeremy se dirigea vers l'exutoire où l'attendait inquiète Karine.

- « Mais qu'est-ce que tu faisais mon grand ? » lui demanda-t-elle en l'apercevant.
- « Mon sac de golf et mes bagages ont disparu ! » annonça-t-il résigné.
- « Encore ? Mais qu'est-ce que tu as avec les bagages, toi ? » constata-t-elle.
- « Viens, on va demander des comptes à ta compagnie aérienne » enchaina-t-elle.

La jeune femme au comptoir paraissait désolé mais ne disposait d'aucune d'information à ce sujet. Il fallait patienter. Encore une fois, presque à poil, Jeremy rejoignit la capitale.

Dans le taxi, il pestait contre cette poisse qui le contraignait à revoir ses projets.
David lui avait concocté, en aparté un programme de grand prix à jouer durant son séjour et cela débutait la semaine suivante par le grand prix de Mont griffon où il était inscrit.
Karine relativisait ce qui agaçait le jeune homme qui s'emportait un peu plus.
Après réflexion, elle proposa à son fils l'achat de matériel neuf.
Jeremy empoignait son smartphone et appela son père marocain.

- « Je suis bien arrivé mais ils m'ont perdu les bagages. » lâcha-t-il en préambule.
- « Et ton sac de golf ? » questionna le père.
- « Le sac est perdu également mais maman me dit qu'elle peut me racheter du matériel » répondit Jeremy.
- « Tiens, elle n'a plus d'oursin dans les poches ! » remarqua David en se gaussant.
- « Ce n'est pas drôle ! » dit le fils.
- « C'est la bonne occasion pour faire un fitting » insista David.
- « Ok mais je vais où ? » questionna Jeremy.
- « Tu vas chez golf plus Longchamp à Paris dans le seizième. Je les appelle tout de suite pour te caser

un rendez-vous. Je t'envoie un texto pour te prévenir » conclu David.

Alors que le taxi déposait la famille recomposée, Jeremy reçu le sms salvateur. Un créneau s'était libéré. Rendez-vous le jour même. Jeremy proposa à sa mère de profiter du taxi pour s'y rendre.

- « Comment maintenant ? Mais tu viens à peine d'arriver. On ne peut pas décaler de quelques jours. Ta valise et ton sac seront peut-être là demain » dit la mère en ronchonnant.
- « Ah mais papa me l'a bien dit que tu étais radine ! Comment je fais pour mes tournois, moi si on ne les retrouve pas ? Tu n'avais qu'à rien me proposer ! » s'emporta Jeremy.
- « Ok, ok. Ne t'emballes pas, on y va » accepta-t-elle résignée.

Après avoir trouvé l'adresse sur internet, le taxi déposa mère et fils devant le magasin à Longchamps.
Jeremy se sentait stressé et pressé à la fois. Le magasin ouvrait après la pause déjeuner. Un employé les accueillait. Le technicien fut appelé. Il se présenta et Jeremy lui expliqua la situation.

- « Bien. En clair, tu joues avec une vieille série de fers Mizuno, quasiment injouable, qui appartenait à ton père, des bois vieux de dix ans et un putter rouillé, c'est bien cela ! » résuma le technicien.

- « Exactement ! Mais ils ont disparu avec mes bagages et j'ai un grand prix semaine prochaine » enchaina Jeremy.
- « Ok. Quel est ton niveau de jeu ? » demanda le vendeur.
- « Mon index actuel doit être de plus un » indiqua le jeune homme.
- « Waouh ! Tu as un niveau pro avec des bouts de ferraille. Tu dois jouer depuis un sacré bail ! » rétorqua le technicien.
- « En fait depuis octobre dernier » répondit instinctivement Jeremy.
- « Tu te moques de moi, évidemment ! » soupira le technicien
- « Non. J'ai même gagné le grand prix de Mohammedia cette année. Je vais être invité sur un tournoi pro ! » insista Jeremy.
- « Sérieusement ! Bon, on va au simulateur » dit le technicien en invitant Jeremy à le suivre.

Karine n'avait compris qu'une partie de la conversation. Le technicien proposa divers clubs à Jeremy qui optait, naturellement, pour des lames de chez Mizuno.
Le simulateur était ouvert. Jeremy fit quelques mouvements d'échauffements avant de se placer face aux balles d'entrainement. Le technicien l'invita à swinguer. Jeremy avait en main un fer sept. Il déclencha un premier jet qui partit rectilignement et se posa à près de cent soixante-dix mètres. Le swing était parfaitement maitrisé. Le relâchement et la fluidité interpella le technicien qui demandait d'enchainer.

Après quelques instants, il analysa les données recueillies par ses appareils de mesure. Le chemin de club était optimal. La torsion du shaft à l'impact ainsi que la vitesse excessive du swing impliquait un passage à une rigidité stiff. Karine observait son fils prodigue balancer ses fers comme un champion. Elle semblait stupéfaite par son aisance et était intriguer par le regard que portait le technicien à son fils.

- « C'est bon ce qu'il fait ? » demanda-t-elle discrètement alors que Jeremy décanillait toutes les balles devant lui.
- « Je n'avais encore jamais vu ça ! Le swing est juste parfait, la vitesse est dingue, le plan est top, les mains sont super bien placées. En quelques mois, c'est vraiment dingue ! Si son petit jeu est du même niveau, votre fils c'est Mozart ! » affirma le technicien.

Il proposa à Jeremy toute une gamme de club plus en rapport avec son potentiel.
Les lames Ping I 500 nippon Pro plaisaient à Jeremy et le technicien approuva.
Pour le driver et les bois de parcours, les Callaway maverick x stiff emportèrent l'adhésion. Les wedges restaient dans le camp Callaway avec les daddy deux et Jeremy craqua pour un putter Bettinardi stock vingt-huit en center shaft. En plus de cela, le jeune homme s'empara d'un sac trépied, de boite de balles et des petits accessoires nécessaire.

Karine avait lâché prise après une heure. Elle patientait assise sur un tabouret à proximité en enchainant les cafés. Au bout de deux heures, Jeremy remercia le technicien et invitait sa mère à sortir. Ils s'arrêtèrent devant la caisse pour la douloureuse. Le préposé à la caisse, récupéra le bon de commande tendu par Jeremy. Il frappait sur son clavier en écrasant les touches vigoureusement et annonça en souriant.

- « Ce qui nous fait au total, trois mille deux cent cinquante-neuf euros et je vous offre les balles, les tees et un gant. Comment souhaitez-vous régler ? »
- « Combien ? » s'étouffa Karine.
- « C'est du super matos maman ! » argumenta Jeremy.
- « J'imagine » dit-elle en dévisageant le vendeur.
- « Ce sera ton cadeau de mariage » proposa-t-elle.
- « Ok, avec plaisir. Je te remercie » dit le jeune homme en l'embrassant.

Karine sortit sa carte bancaire et explosa son plafond.
Le technicien proposa à Jeremy de préparer le matériel pour le lendemain en matinée.
Jeremy approuva.

A peine arrivée à l'appartement, Jeremy alla s'enfermer dans sa chambre et converser avec sa moitié. Karine l'entendait rire à gorge déployée derrière sa porte close. Cela lui faisait un bien fou ! Marc acquiesçait également. Ils retrouvaient un fils.

Jeremy avait encore de nombreux vieux vêtements dans son armoire. Cela lui suffirait pour ses sorties. David lui avait donné trois mille euros en numéraire pour passer deux mois en France. Les grands prix se déroulaient en Ile de France où il n'avait pas de problème de logement et dans le nord de la France où il allait devoir se loger et se nourrir. Il fallait budgétiser.
Il lui faudrait se racheter une paire de chaussure, quelques polos et une toile tente pour économiser l'hôtel. Une grande enseigne spécialisée proposait cela à tarif avantageux. Il allait également, devoir louer une voiture pour se rendre à l'entrainement sur un golf aux alentours de Paris. La location mensuelle paraissait la plus intéressante et la moins astreignante.
Le golf le plus abordable, le parc de Tremblay à Champigny sur marne dans le Val de marne présentait également un atout supplémentaire, sa proximité.

Marc frappa à la porte et entra sans attendre de réponse.

- « Il y a des heures que tu es enfermé là-dedans, tu pourrais passer un peu de temps avec nous ! » constata le beau-père, blasé.
- « Bien sur papa. Je viens immédiatement ! » répondit le jeune homme.

Le début de matinée suivant fut consacré au dépôt de dossier de mariage à la mairie de l'arrondissement. La publication des bans allait être lancé.

Puis Jeremy se rendit chez un louageur du quartier, avec sa mère pour caution où il choisit un véhicule d'entrée de gamme pour se déplacer librement.
L'étape suivante consistait à acheter polos, chaussures, casquette, tente de camping et tout le nécessaire à son odyssée pour moins de deux-cent euros.
Il s'y affaira.
Une fois le barda chargé dans son nouveau carrosse, direction Longchamp où il récupérait ses précieux instruments.
Dernière étape, le golf du parc de Tremblay à Champigny sur marne. Le golf, situé dans un cadre exceptionnel au cœur du Parc du Tremblay, offrait soixante-dix hectares de sports, de détente et de verdure à douze kilomètres du domicile maternelle.

Le parking adjacent offrait de nombreuses places souvent libres.
Jeremy ressentait une vive exaltation en s'équipant. Le luxe était définitivement resté au Maroc. Les installations paraissaient rudimentaires. L'accueil était aimable. Avec un tarif mensuel de moins de cinquante euros pour un pass cinq jours sur sept, il n'y avait aucune concurrence, aucune équivalence.
Seul bémol, le practice du golf du parc du Tremblay était l'un des plus fréquentés de l'Est Parisien et le parcours ne proposait qu'un neuf trous compact composé uniquement de pars trois, court pour la plupart.

Jeremy composait avec ce désagrément. L'important maintenant était de travailler le petit jeu et d'étalonner ses nouveaux clubs. Le contact avec cette herbe nouvelle ne posait pas de problème tant elle semblait facile à travailler. Le sol, plus meuble malgré la température estivale favorisait la traversée de balle. A contrario, le putting green et les greens de parcours étaient forts abîmés par les pitches non relevés.

Il fallait taper de la balle pour emmagasiner des sensations, pour retrouver ses repères. Jeremy avait opté pour une carte de quarante seaux qui était l'option la moins onéreuse au cumul. Alors il reprenait sa routine d'entrainement, en enchainant practice, approche, coups spéciaux et putting et cela jusqu'à la fin d'après-midi. Le soir, il commandait sur internet un tapis de putting pour parfaire son geste avec le nouvel instrument et avant de se coucher, empoignait son putter Bettinardi qu'il scrutait sous toutes ses formes. Au pied du lit, l'instrument devenait son meilleur ami.

21

Le parcours 18 trous des Lacs, fleuron du Golf Hôtel de Mont Griffon, était reconnu dans la discipline pour la qualité de ses greens. Le parcours d'une rare beauté offrait un splendide panorama sur la vallée de l'Ysieux et sa verdure. Le golf à quinze minutes de l'aéroport de Roissy était accessible, facilement.

La veille, Jeremy avait effectué une reconnaissance des lieux. Le parcours avait été préparé minutieusement. Les greens avaient une roule excessive semblable au parcours rouge de Dar Es Salam. Le tracé vallonné parfois accidenté requérait une concentration de tous les instants. Jeremy avait noté ses impressions et mis au point une stratégie. L'année précédente, le vainqueur avait posté deux soixante-dix pour l'emporter ce qui lui donnait une référence.
Les nouveaux clubs était bien plus facile à jouer ce qui engendrait beaucoup de confiance. Jeremy avait gagné une

longueur de canne grâce aux nouvelles technologies. Les wedges répondaient en imprimant des back spins presqu'incontrôlables sur les coups hauts. Tactiquement, il optait pour des approches roulées en calepinant chacun de ses fers le reste de l'après-midi.

Les départs étaient affichés. Cent cinq joueurs se présentaient sur la ligne de départ. Jeremy avec le meilleur index du champ de joueur avait un départ à huit heures précises en compagnie de deux joueurs parisiens scratchs.
La nuit avait été courte. Le réveil à l'aube fut une formalité malgré tout, tant l'envie d'en découdre avec le parcours le pressurait.
Les portes du golf venaient d'ouvrir. Le soleil pointait à l'horizon. Une exquise brise cajolait le derme ostensiblement réceptif. Le parking était désert. Jeremy choisit une place ombragée.
Accoutré d'un bermuda noir presque délavé, venant de son ancienne vie sur lequel débordait un polo blanc premier prix sans logo, chaussé en basket Kalenji duquel remontait des socquettes inassorties et coiffés d'une casquette unie sans logo de couleur blanche, Jeremy se présenta sur le putting green. Réveil musculaire, exercice basique, le protocole démarrait. Les joueurs arrivaient au compte-goutte pour la plupart, en habit de parade gracieux estampillé par les plus grandes marques.
Seul le résultat n'avait d'yeux que pour le jeune homme. Inlassablement, il répétait ses gammes et s'enfermait dans une bulle. Les deux joueurs qui démarraient à ses côtés étaient

accompagnés de caddy. Jeremy avait loué un chariot manuel pour l'occasion, en raison du relief escarpé.

Le premier trou, un par quatre de trois cent trente mètres ne nécessitait pas l'utilisation du driver. Un bon coup de fer quatre plein fairway lui laissait en second coup, un coup de fer neuf plein swing. Deux putts plus loin, le par était assuré et la partie commençait sereinement. Un premier birdie arriva au troisième trou avec drive, sandwedge et putt de deux mètres.
Un second suivit sur le par du trou cinq avec drive, hybride entrée de green approche et putt. Eagle au neuf sans broncher en touchant le par cinq en deux coups et un putt de quatre mètres. Birdies au douze, treize et seize pour, finalement, rendre une carte immaculée au recording sous les yeux admiratifs de ses partenaires du jour. Un de ses camarades proposait d'aller boire un coup au bar du club house. Jeremy, courtoisement accepta. Le second s'effaça faute de temps.

- « Tu as fait une partie énorme » lui dit le Co-compétiteur à peine attablé.
- « Merci. C'est assez bien parti ! Toi, tu es dans le par total et c'est plutôt pas mal » répondit respectueusement Jeremy.
- « J'ai vu sur la liste des départs que tu étais licencié au Maroc. Tu joues là-bas, j'imagine, puisqu'avant on ne t'avais jamais vu ? » enchaina le jeune homme.
- « Oui c'est exact, je joue à Rabat. Mon père a une académie de golf et je bosse avec lui » répliqua Jeremy.

- « Je comprends mieux maintenant, tu es presque un professionnel ! » affirma le jeune homme.
- « Euh non ! En réalité, je ne joue au golf que depuis octobre dernier donc je suis encore loin de ça ! C'était mon premier parcours en France ! » dit naïvement Jeremy en réceptionnant le soda proposé par le garçon serveur.
- « Oh c'est ton premier grand prix ? » questionna le jeune en s'affalant sur sa chaise.
- « En France ! J'en ai déjà gagné un au Maroc » répondit Jeremy sous le regard à la fois admiratif et investigateur de son partenaire du jour.

Avec un score de soixante-cinq, Jeremy devançait son collègue du jour, auteur du second meilleur score, de sept coups. Le troisième était distant de neuf. Les autres se suivaient à la queue leuleu.

Vers quatorze heures, il rejoignit Paris.

Alors qu'il venait de condamner les portes de sa voiture de location, le sac de golf en bandoulières, il aperçut face à lui Amandine en compagnie d'un de ses amis d'enfance.

- « Ah ben ça alors ! Salut Jeremy ! » cria son ami en l'accolant chaleureusement.

Jeremy, le souffle coupé, ne parvint pas à répondre.

- « Bonjour Jeremy. Tu es revenu sur Paris, je ne savais pas ? » dit Amandine presque gênée.
- « Salut ! En fait je ne suis là que pour quelques semaines et vous ça va ? » répondit-il, penaud.
- « Tu joues au golf maintenant ? » demanda son ami.
- « Ouai, on peut même dire que c'est mon travail ! » rétorqua-t-il.
- « N'importe quoi ! » lâcha Amandine.
- « Vous êtes ensemble tous les deux ? » questionna Jeremy pour changer de sujet.
- « Oui, on se fréquente depuis quelques mois ! » répondit Amandine sous le regard embarrassé de son nouveau petit ami.
- « Ça ne te dérange pas ? » lui demanda l'ami.
- « Non, je suis super heureux pour vous deux à vrai dire ! » affirma-t-il.
- « Sérieux Jeremy, qu'est-ce que tu deviens ? » demandait soucieuse, Amandine.
- « Eh Bien pour faire court, j'ai retrouvé mon vrai père qui est prof de golf au Maroc, avec qui je travaille maintenant. Donc je vis toute l'année dans un pays où il fait bon vivre. Je me suis marié à la plus incroyable jeune femme que j'ai rencontré et qui se trouve être la petite sœur de la femme de mon père. Là, je rentre d'un grand prix de golf où je suis très largement en tête et qu'est-ce que j'oublies ? Oui, je suis devenu musulman donc je dois aller faire mes prières en retard » dit Jeremy d'un ton sarcastique, en reprenant son chemin.

Amandine et son petit ami en restèrent pantois. Jeremy se gaussait.
L'ami reprit ses esprits et accourait derrière le jeune homme. Amandine, tout d'abord hésitante, lui emboita le pas.

- « Jeremy, mon pote, raconte-nous ! » demanda l'ami à Jeremy en lui enserrant l'avant-bras.
- « Ok ! Je pose mon matos et je vous rejoins au café du coin » proposa Jeremy toujours hilare.

Dans l'appartement familial, Karine l'attendait de pieds fermes. Les bagages avaient été retrouvé comme par enchantement, livré par un coursier mandaté en urgence weekend par la royal air Maroc. Elle les avait laissé, bien en évidence dans le couloir d'entrée. Aussi lorsque Jeremy entra, Karine accourue.
Une dispute éclata à ce sujet. La sanguine n'avait pas apprécié se faire ponctionner. Le fils argumentait en se défendant sur une possible disparition définitive et ses échéances sportives. Karine qui était de nature impulsive rétorqua. Cela s'annonçait sans fin comme les joutes politiques. Jeremy interrompit la controverse par une fuite subite. Il se réfugia dans sa chambre sous les quolibets de sa créatrice. Rapidement, il se déshabilla, enfilait un jean et un tee-shirt en attendant la fin de la déferlante. C'était la stratégie qui fonctionnait le mieux avec sa mère.
Sans réponse, la quarantenaire avancée se lassa et retourna à ses occupations. Jeremy ouvrit la porte discrètement et sortit rapidement.

- « P’tain mais qu’est-ce que tu as foutu ? » demanda son ami à peine eut-il franchit l’entrée du troc.

Jeremy fit mine de repartir. Etienne, l’ami d’enfance le rattrapa sur le trottoir.

- « Tu connais ma mère ! » dit Jeremy.
- « Elle t’a encore fait une scène, j’imagine ! » affirma Etienne.
- « Dans le mille Emile ! » répondit le jeune homme.

Etienne voulait en savoir plus, bien soutenu par sa petite amie. Amandine appela le serveur et commanda trois bières pression. Jeremy la stoppa et demandait un jus de fruit à la grande surprise de ses amis. Il débuta son récit. Ses amis le questionnaient. Les trois riaient de ses anecdotes.

- « Allez bois une petite bière avec nous » insista Etienne.

Jeremy s’y refusa et interrogea en contre-interrogatoire le nouveau couple sur leur relation.
Le temps continuait de défiler. Amandine proposa également à Jeremy de trinquer avec eux aux bons vieux souvenirs en argumentant sur le caractère festif de leurs retrouvailles.
Jeremy finit par accepter et but une bière, puis deux, puis trois...

Vers neuf heures du matin, les paupières peinèrent à se redresser. Elles semblaient coller à l’iris. Le crâne était alourdi par une cuirasse de plomb. Un léger filet de bave s'échappait de ses lèvres entrouvertes. Une lumière incandescente tyrannisait ses tempes. L'énergie avait disparu comme happé par un tourbillon.

Soudain, l'éclair ! Jeremy bondit hors du lit comme un chat effrayé. Il attrapa son smartphone pour y lire l'heure. Il enchaina en se connectant sur le site du golf de Mont Griffon. Départ prévu en dernière partie à treize heures ! De multiples appels en absence venant du Maroc s'affichaient. Jeremy constata qu'il n'y avait pas répondu.
La céphalée remplaça rapidement le soulagement éphémère du réveil opportun.
S'en suivirent des interrogations sur sa soirée. Jeremy avait tout oublier ! Était-il resté avec ses amis dans le bar ? Avait-il été en soirée ? Pourquoi avait-il cédé à la tentation de l'alcool ?

Pour l'heure, il fallait mobiliser son énergie à reprendre vie. Petit déjeuner, aspirine, qi gong grinçant suivit d'une douche stimulante et la carcasse reprenait de la vigueur. Karine vint s'excuser pour sa conduite de la veille alors que le jeune homme s'installait sur le sofa du salon. En compagnie de son époux, ils lui souhaitèrent le meilleur pour la suite de sa compétition.

Sur la route, Jeremy se sentait nauséeux. Il avait une avance confortable au tableau des scores. Il ne fallait pas tout dilapider. Il imagina une stratégie moins offensive.

A sa grande surprise, Etienne et Amandine l'attendait au club house.

- « Mais qu'est-ce que vous faites là ? » leur demanda-t-il, l'air stupéfié.
- « Tu nous a invité ! » dit Etienne.
- « On peut même dire que tu as insisté toute la soirée avec ça ! » renchérit Amandine.
- « A ce propos, j'ai un petit doute sur la suite de la soirée ! » demanda Jeremy.
- « A vrai dire, on t'a perdu vers trois heures du matin donc on s'est dit que tu étais rentré » dit Etienne.
- « Oui mais je ne sais pas comment ? » concéda Jeremy.
- « Tu te rappelles où on était quand même ? » demanda Amandine.
- « Au bar, en bas de chez moi » répondit Jeremy.
- « Oui mais après ? » questionna la jeune femme.
- « Honnêtement non ! On a fait quoi ? » interrogea-t-il.
- « On a été dansé dans un club brésilien » répondit Etienne.
- « Tu t'es même fait brancher toute la soirée par un trans ! Qu'est-ce qu'on a rigolé » certifia Amandine.
- « Mais non ! Je ne veux plus rien savoir » conclu Jeremy.

Les trois se dirigèrent vers le practice où Jeremy commença son échauffement. Il avait revêtu ses plus beaux habits grâce au retour inespéré de son bagage.
Sous les yeux de ses amis, il swinguait. Les balles sortaient droites. Jeremy suait abondamment. Amandine et Etienne souhaitait essayer. Jeremy leur proposa de les initier sur le golf du Tremblay. L'heure n'était pas à la pédagogie mais à la compétition !

La dernière partie s'élança. Jeremy suivit par ses amis changea sa stratégie et voulu fracasser la première balle dès l'entame. La malheureuse ogive prit un effet slicé et s'égara derrière un arbre parsemant modiquement le parcours. Recentrage obligatoire, attaque de green court, chip et deux putts plus loin, Jeremy démarrait par un piteux double bogey sous l'œil étonné de son partenaire de la veille. A mesure qu'il déambulait, par la sueur qui dégoulinait dans son dos, évacuant les résidus alcooliques, le swing s'améliorait. A mi-parcours, il affichait un score de plus trois. Sur les deux pars cinq du retour, il fit birdie. Sur les autres trous, il assurait le par. Amandine avait les yeux qui brillait de mille feux en observant son premier amour remporter le grand prix et lever le trophée devant une salle à demi emplit.

- « On va fêter ça ! » annonça Etienne.
- « Non, les amis. Il y a eu assez de fête comme ça hier ! Je rentre me reposer. J'enchaine avec deux grands prix dans les hauts-de-France, les deux prochaines semaines. C'était cool de vous avoir vu aujourd'hui ! On se tel pour une initiation au

Tremblay » dit-il à ses amis avant de rejoindre son véhicule.

Sous le regard à la fois admiratif et déçu de ses comparses, il s'éloigna.
Jeremy avait entraperçu dans le regard d'Amandine, une lueur qui le rendait mal à l'aise. Il connaissait ce regard désireux et évocateur ! Le cœur emplit de Nora, il préférait l'esquive. A bien y réfléchir, ses amis faisaient partie intégrante de son ancienne vie et n'avaient plus de place dans sa nouvelle. Il ne les rappellerait pas.

A Mérignies puis Apremont, Jeremy parvint à chaque fois dans le top cinq final si bien qu'après quatre semaines et trois tournois sur le territoire Français, il entrait au ranking national. Après chaque tournoi, il débriefait avec David qui le conseillait à distance.
Chaque soir, il conversait longuement avec sa jeune épouse. Les bans de mariage avaient été désaffiché sans aucune contestation. Karine constatait un changement radical d'humeur à ces heures. A confesse, elle indiqua à son fils qu'une visite au Maroc en période estival, l'intéressait un peu plus qu'en hiver.

- « Que dois-je comprendre ? » demanda le jeune homme à l'écoute de ses révélations.
- « Je suis très heureuse que tu sois là, n'en doutes pas ! Mais la vraie question est : Pourquoi es-tu là et pas avec ta chérie ? » répondit la mère.

- « Mais je te l'ai dit, pour voir ma famille et parfaire ma connaissance du golf. Nora est en famille l'été de tradition » enchaina Jeremy.
- « Oui mais tu es son époux sur les papiers maintenant. Tu peux être avec elle. Tu peux jouer au golf au Maroc et... »
- « Non pas à Ouaouizerth » coupa-t-il.
- « Je vois bien qu'elle te manque » remarqua-t-elle.
- « C'est vrai ! Je suis en train de devenir chèvre ici » concéda le jeune homme.
- « Alors allons faire ce mariage sous le soleil. Présente-moi la famille et dansons ! » proposa Karine en mimant une danse raï.
- « Je dois faire Bondues. C'est un gros grand prix, je ne peux pas le rater. Après on rentre. J'appelle Nora et Papa pour voir si on peut faire quelque chose avant la rentrée » dit Jeremy tout sourire.

22

Bondues avait été un échec cuisant. Le premier de la jeune carrière prometteuse du bel hidalgo ! Malgré un entrainement acharné la semaine précédant le grand prix, les conditions physiologiques et physiques ne répondirent à aucun moment. Le feeling avait disparu sur le fantastique golf Lillois !
D'erreurs de profondeur en mauvais choix stratégique, avec un putter glacé, Jeremy ne passa pas le cut d'un champ très relevé. La catégorie élevée avait attiré les meilleurs joueurs Français et Belges. L'index le plus grand affichait un petit quatre. Le gagnant l'emportait avec un moins onze total digne des meilleurs professionnels.
Il n'y avait pas de déception. Cela faisait partie intégrante de l'apprentissage. Jeremy avait la tête dans le guidon depuis pas mal de semaines, il lui fallait se démobiliser pour se requinquer.

Nora et sa famille avait, pour leurs parts, débuté les préparatifs du mariage qui était avancé. David et Fatima le finançait en partie. Pour l'occasion un minibus avait été réservé au départ de Rabat pour convoyer les amis dans les montagnes du moyen-atlas. Deux cent personnes était conviées aux festivités. Karine et Marc avait réservé leurs vols aller-retour. Jeremy s'était fait offrir par Marc un smoking blanc sur mesure malgré son véto, arguant la probable perte de ses bagages. En contrepartie, il offrait à son beau-père, la panoplie de club offert par David, qui était devenue encombrante.
Amandine l'avait relancé à plusieurs reprises par téléphone, pour la journée initiatrice. Jeremy n'osait pas répondre et laissait le téléphone s'époumoner.

Karine avait réservé des places sur le vol Paris-Marrakech par la compagnie air France au départ de l'aéroport Roissy Charles De Gaulle.
Court vêtu, la petite famille débarquait au royaume des senteurs et des couleurs sous une chaleur accablante. Jeremy inhalait l'air brulant et sableux de la capitale provinciale avec un plaisir non dissimulé. Les parents s'enduisaient de crème solaire comme on beurre une tartine. Aucun nuage n'avait place dans le ciel bleu électrique parfaitement uni. Pas l'ombre d'un souffle d'Eole pour tempérer les pores dilatés par la sudation !

Elle courrait la princesse sur le parvis de l'aéroport. Elle courrait au-devant de son amour qu'elle avait aperçu au loin. Elle n'avait pu retenir ce geste naturel malgré son devoir de discrétion. Elle n'avait pu empêcher ses jambes de s'emballer

pour rejoindre son double parfait. Jeremy lâchait son chariot à bagages et partit à la rencontre de son âme sœur dans la même ferveur.
Karine et Marc, étonné en premier lieu, contemplait la scène sans mot dire.
Une perle transparente s'effilochait sous l'œil de la mère attendrie.
Dans l'élan, Jeremy attrapa au vol sa promise en la rejoignant au point que celle-ci fasse le tour de son corps.
Il reposa sa soupirante avec douceur. Elle levait le menton pour contempler le visage du bienaimé, lui le baissa. L'étreinte optique supplantait la physique par respect des traditions.

Karine et Marc approchèrent de leur bru. Nora embrassa Karine sur la joue avec une grande douceur. Marc se tenait plus en retrait. David restait collé près de sa conjointe. Karine vint saluer Fatima sous le regard concupiscent de son époux. Ce dernier empoigna avec vigueur la main de David.

- « Je vois que vos bagages vous ont suivi cette fois ! » remarqua David.

Karine s'esclaffa.

- « Il fait sacrément chaud ! » observa Marc.
- « Oui mais il fait encore plus chaud dans nos montagnes ! » affirma Fatima.
- « Je suis vraiment heureuse que vous soyez là » dit Nora.

- « Oh mais qu'elle est mignonne ! » répondit Karine gentiment.
- « Encore plus chaud ? » interrogea Marc à mi-voix.

Le petit monde embarquait dans l'estafette climatisée. Dépaysé, le couple parisien s'enthousiasmait à la vue d'autochtones chevauchant leurs ânes, en apercevant des dromadaires, par l'architecture désuète des petits villages traversés ou les marchés improvisés sur les terres plein des avenues. Karine fit arrêter la camionnette en découvrant le lac de Ouaouizerth aux premiers lacets descendants. David enclencha les warnings alors que l'impétueuse haranguait son homme.

- « Jeremy, prends-nous en photo avec le lac en contrebas. C'est juste merveilleux ici ! » ordonna-t-elle.

Marc la rejoignit et Jeremy immortalisa. Nora s'en amusait. L'exubérante belle-mère était intrépide. Son charisme occidental la fascinait tout autant que son audace. Elle exigeait et le mari accourait. Elle bavardait sans discontinuer quand son époux ne desserrait pas les mâchoires.
Un taxi bondé stoppa sa course pensant l'estafette en panne, avant de repartir presque aussitôt.
David avait réservé une chambre au Widiane Resort de Bin el-Ouidane. L'hôtel cinq étoiles se situait à quelques kilomètres de la petite ville familiale. Niché entre les contreforts tranquilles des montagnes du Moyen-Atlas, au sommet d'une colline et surplombant l'étendue bleutée du vaste bassin, l'hôtel

associait luxe et raffinement. Prisé par l'élite marocaine passionné de jeu nautique, il offrait des prestations haut de gamme.
Lorsque le couple pénétrait en son sein, accompagné par les proches, Karine apprécia en premier lieu, la vue offerte.
Une rotonde faisait face au lac entouré d'un gazon émeraude sous laquelle trônait une table en bois massive sculptée à la main. L'endroit était parfaitement romantique. Nora et Jeremy semblaient étourdis par cette magnificence. Une admirable piscine cristalline entravait la terrasse agrémentée par de nombreux transat en tek, surplombée de parasols assortis. Elle, aussi, trouvait place face à la retenue d'eau comme son prolongement.
Le groom emportait les bagages suivit par la colonne. Bientôt, il s'immobilisa devant une porte ciselée qu'il déboucla.
Un carrelage marbré rose s'affichait à la vue des convives. La climatisation et l'auvent de la terrasse à demi recroquevillé offraient ombre et fraicheur. Deux petits luminaires placés à chaque extrémité du lit moderne harmonisaient la perception.

- « C'est fabuleux » témoigna Karine.
- « Et encore, vous n'avez as vu les suites ! » répondit le groom.
- « Et on pourrait ? » demanda Marc, curieux.
- « Il en reste une disponible. Elle est à proximité. Je peux vous la montrer si vous le voulez » proposa le groom.
- « Oui, j'aimerai assez » répondit Marc.
- « Je vais chercher le pass et je reviens » annonça le chasseur.

Marc en profita pour poser les valises sur la couche. Fatima et Nora s'émerveillaient de la beauté des lieux. Elles avaient entendu les on-dit concernant ce lieu sans s'imaginer autant d'opulence. David s'échappa sur le balcon terrasse d'où il admirait le panorama, bientôt rejoint par l'ensemble de la famille. Le groom revint et invita l'assemblée à l'accompagner. Quelques mètres plus loin, ils s'introduisirent dans la suite nuptiale non occupée.

- « Oh mais c'est comme un palais ! » lança Fatima, étourdie par la somptuosité de la pièce.

Un petit salon était adjoint à la chambre. Les matériaux nobles se mêlaient les uns aux autres offrant une douce frénésie à l'œil des novices. La vaste salle de bain en carrelage mural jade flanquée d'un jacuzzi bain et d'un recoin hammam paracheva la visite.

- « Ça serait l'endroit idéal pour votre nuit de noce » observa Marc.
- « Mais oui, tu as raison ! » confirma Karine.

Nora et Jeremy se dévisageaient sans réaction tant l'étonnement les comprimaient.

- « Je vais vous la réserver pour deux nuits les enfants » annonça Marc.

Fatima enserra sa jeune sœur qui paraissait émue. Jeremy remercia son beau-père et sa mère pour cette attention.

- « Bon rafraichissez-vous, je viens vous chercher pour le repas de ce soir. On va vous présenter la famille » alerta Jeremy.
- « Inchallah ! » rétorqua Karine, provoquant l'hilarité de tous.

La maison familiale tranchait avec le luxuriant hôtel. Karine était abasourdie par la désuétude du lieu de vie de sa bru. Elle était revenue estomaquée des toilettes à la turc placée sous un escalier surtout après avoir aperçu une pomme de douche la jouxtant.

- « Les toilettes servent de douche ? » interrogeait-elle son fils en chuchotant.
- « Avant c'était comme ça. Il n'y avait pas d'eau chaude. Maintenant ça sert à se laver le popo ou aux ablutions avant la prière. » répondit-il discrètement.
- « Il y a un chauffe-eau et une douche au premier étage rassure-toi » enchainait-il.

Les murs du salon étaient enduits de mortiers peints à la hâte en jaune pale. Un salon marocain des plus simples encerclait la pièce. Une table basse servait de salle à manger sur laquelle reposait un gigantesque plat à couscous en terre cuite. Il n'y avait ni couvert ni assiette individuelle, chacun avait une portion du plat attribué. Le pain maison servait de louche. Les mains papillonnaient dans cette auge sous le regard blasé de Karine.

- « Vous ne mangez pas ? » questionna Nora le constatant.
- « Bien c'est-à-dire que je préférerais manger dans une assiette » répondit-elle.

Fatima se leva et revint avec une écuelle et une fourchette. Karine dinait à l'écart. Des odeurs d'épices embaumaient la demeure acariâtre. Les habitants réchauffaient son cœur par leur félicité naturelle. Le patriarche avait l'œil aiguisé et un sens de l'humour développé ce qui amusait Karine. La mère semblait d'une tendresse infinie. Tout en douceur, en gestes lents, en bienveillance pour tous, elle était l'âme de la famille. Les femmes étaient drapées de vêtements traditionnels.

- « Je vous trouve bien jeune Madame pour être la mère de David » lança le patriarche à l'attention de Karine.
- « La mère de David ! » s'exclama-t-elle.
- « Papa ! » criait Nora comme pour le stopper dans ses investigations.
- « Ce n'est pas ma mère, évidemment ! On va t'expliquer » lui dit David en entrainant le vieil homme vers une autre pièce.

Jeremy était pétrifié. Nora, consciente de son absence de clairvoyance, se redressa et rejoignit son père dans le couloir. Avec perspicacité, elle expliqua la situation au doyen. Jeremy

dévisageait sa mère. Heureusement, personne d'autre ne comprenait la langue de Molière. Ils continuaient à se goinfrer de semoules et de légumes sans même s'être aperçu du malaise.
Le patriarche acceptait les explications et comprenait les égards qui lui avait été manifesté. Evidemment, rien n'avait laissé penser que les deux jeunes s'éprendraient et étant donné la proximité Ouaouizerthienne, il semblait de bon aloi de ne pas se répandre en commérage. Avec la sagesse qui l'habitait, il enterra cette information au fond de son encéphale.
En raccompagnant mère et beau-père à leur hôtel, Jeremy leur expliqua la controverse.

Quelques jours passèrent. Karine profitait du séjour pour arpenter les rives du lac, tôt le matin et se prélassait au bord de la piscine les après-midis. Jeremy s'était muté en guide touristique. La visite de la cascade d'Ouzoud située à soixante kilomètres fut épique quand un macaque subtilisa le sac à main de Karine avant de se réfugier dans un arbre. Plusieurs locaux durent intervenir pour attirer la bestiole qui déversait le contenu du haut de son perchoir sous les rires ininterrompus des badauds. Ils se rendirent également en contrebas du barrage du lac de Bin El-Ouidane, où la faune et la flore verdoyantes se mêlaient aux collines ocre rouge éventrées par le lit émeraude de l'effluve naturelle s'échappant de la digue construite par l'homme.

David reprit la main, le jour de la cérémonie.
Une Mercedes avec chauffeur avait été loué pour conduire les mariés vers la salle agencée pour l'occasion. Un traiteur était

mandaté pour le repas où deux cent personnes étaient conviées. Un groupe de musiciens traditionnels prenaient leurs marques. Fatima coordonnait les diverses factions. Le plan de table avait été établi en fonction des affinités.
Nora avait passé ses derniers jours en compagnie d'une marieuse et subissait essayage sur essayage. Toute la famille était impliquée pour l'évènement.

Le soleil disparaissait sur la bourgade berbère. Jeremy fut conduit chez le barbier-coiffeur qui l'apprêta. David lui apporta son smoking dans le salon même. Les femmes s'agitaient autour de sa jeune épouse dans la maison familiale, réquisitionnée. Une coiffeuse avait été engagé pour la soirée entière et s'affairait sur la mise en pli.
Avec nonchalance, Jeremy se rendit en marchant vers la salle des fêtes en compagnie de son père comme de simples promeneurs. Les candélabres venaient à peine de s'éclairer dans les rues cendreuses.
Devant la salle, bons nombres patientaient. Jeremy étaient salués et félicités par les invités en tenue de gala. Karine réajusta le nœud papillon de son fils les yeux rougis par l'émotion. Marc n'en menait pas large, pareillement, ébranlé par l'ampleur de l'évènement.
Ils entraient, ensemble, inspecter une ultime fois, les lieux où les préparatifs s'entérinaient.

On vint trouver David pour lui annoncer l'arrivée du cortège de la mariée. Jeremy expira profondément et se présenta à l'entrée. La Mercedes arrivait. La luxueuse auto était parée en tulle rose. Un parement floral paradait au milieu du capot. Le chauffeur portait un uniforme. Le véhicule s'immobilisa devant l'accès principal. Une femme ouvrit la portière d'où sortait Fatima en s'extirpant avec difficulté. Immédiatement, elle se retourna pour agripper la main de sa sœur qui apparue. Des incantations émergèrent de la part de la plupart des invités. Le zgharit retentissait. Jeremy se fraya un chemin pour accueillir sa promise. Un voile en tulle recouvrait le visage de Nora. La foule s'étira à l'arrivée d'une troupe de danseurs traditionnel qui commençait sa chorégraphie. Les acrobates étaient drapés d'uniformes impériales blancs, parés de capes luisantes et accompagnés d'armes factices argentés qu'ils faisaient virevolter sous le rythme des darboukas. Karine était éblouie par autant de virtuosité. Marc riait. Les badauds observaient. Jeremy enserra la main devenue moite, de sa bienaimée qui rigolait des clowneries des danseurs.

Après plusieurs minutes d'un ballet sans temps mort, la troupe de danseur escorta mari et femme vers l'accès de la salle. A l'intérieur, Nora et Jeremy accédait au trône surplombant l'assemblée. Les invités se massaient dans le hall et chacun fut conduit à sa table sous le regard des nouveaux époux.
Le groupe musical enclenchait ses premières notes. Les deux amoureux se dévisageaient. Nora semblait pétrifiée. Le voile en tulle avait été dégrafé. Le maquillage luisait sous l'effet de la chaleur. Elle était poudrée de fond de teint blanc agrémenté de paillettes et ses lèvres étaient couvertes d'un rouge Maroc très vif. Son habit d'apparat, recouvert de perles et joyaux brillant semblait lui peser. La marieuse était à proximité. Elle aida Nora à se redresser et Jeremy fut invité à l'accompagner pour une première danse. Le déhanché lent, elle s'exécuta. Jeremy

suivait comme il pouvait. Cette musique festive avait ses propres codes chorégraphiques que le malheureux ne discernait pas.
Les serveurs apportèrent les plats de pastilla. Les invités jouissaient du spectacle. On servait aux mariés leurs pitances sur la scène mais ils leur étaient impossible de s'alimenter avec autant de stress.

La soirée s'effilait. Danses et chants se succédaient autant que les changements de tenues de la mariée. Des hommes se présentèrent avec des plateaux dorés sur lesquels on invita Jeremy et Nora à prendre place. Portés comme des trophées, les deux jeunes ondoyaient au-dessus des invités dans la liesse générale.
Les premiers convives prenaient congés et défilaient sur l'estrade pour saluer leurs hôtes. La salle se désengorgeait. Restait le noyau vif de la famille qui clôtura la soirée en guidant la virginale innocente et son prince chanceux vers le carrosse qui patientait au ralenti devant le seuil.
La Mercedes démarra sous les youyous assourdissants. David les filait, accompagnés de son épouse, de Karine, marc et de ses beaux-parents.

A l'hôtel, le porteur de service récupéra les bagages des époux, les invitant à se rendre dans leur suite nuptiale. Nora riait. On pouvait lire son bonheur sur son visage irradié d'apaisement. Les enfants précédaient leurs parents. A proximité de la mansarde, tous s'embrassèrent et se congratulèrent. David et Fatima raccompagnèrent le patriarche et son épouse. Karine et Marc rebroussaient chemin en direction de leur chambre.

De tradition, pour conjurer le mauvais sort et symboliquement protéger son épouse, Jeremy porta dans ses bras sa fraiche femme, au moment de franchir le seuil de la suite.

La porte se referma derrière eux.

Au petit matin, les habits cérémonieux jonchaient le marbre miroitant, parsemés de part et d'autre de la pièce. L'excitation avait pris le dessus sur l'appréhension de la première fois. La nuit avait été tendre, érotique et brève. Le soleil levant embrasait timidement la suite conjugale. Jeremy somnolait à plat ventre sur la couche défraichie. Insomniaque éphémère, Nora transvasait les vêtements de sa valise vers l'armoire prévue à cet effet avant de se décider à inaugurer la salle d'eau. Un bain moussant la ragaillardit. Elle enfila le peignoir en éponge floqué du logo de l'hôtel et ramassa les frusques éparpillées au sol. En s'emparant du pantalon de Jeremy, une petite balle alvéolée s'échappa d'une poche. Le bruit sourd et intense des rebonds sur le carrelage apostropha Jeremy qui bougonnait. Nora observait incrédule, l'importune boule filer vers le mur.

- « Tu as emmené du travail à notre mariage mon mari ? » questionna-t-elle.
- « Bonjour mon amour ! » répondit-il à peine éveillé.
- « Tu l'avais avec toi toute la soirée ? » insista-t-elle.

- « Oui c'est une sorte de porte-bonheur. Tu es déjà réveillée ! » demanda-t-il.
- « Je vais faire mes prières. La salle de bain est fabuleuse si tu en as envie ! » dit Nora.
- « Chérie, laisse-moi quelques minutes pour prendre une douche et prions ensemble. Qu'est-ce que tu en penses ? » proposa Jeremy.

Très touchée par l'attention, la jeune femme acceptait. Jeremy sortit du lit, embrassa passionnément sa compagne, récupéra sa petite balle blanche et se dirigea vers la salle de bain.

Durant deux jours, le jeune couple profitait des infrastructures exceptionnelles. Jet ski sur le lac, spa, massage, piscine, ballade romantique, diner au clair de lune avant de se retrouver, le soir, en tenue d'Eve, pour communier.

Karine et Marc rentraient en France le cœur léger, conquis par leurs odyssées, conquis par la jeune épouse de leurs fils adoré, conquis par la famille adoptive, rassuré par l'implication de David, plein d'espoir pour l'avenir de ce jeune couple et fier de leur enfant.
Il était convenu que le ménage cohabite avec David et Fatima, dans un premier temps. La villa était suffisamment spacieuse pour que chacun conserve un minimum d'intimité. Il restait quatre années d'études à Nora pour empocher le diplôme convoité. Jeremy recevait un maigre salaire qui ne pouvait lui permettre d'assumer seul une famille.
Le patriarche Ouaouizerthien accordait une confiance absolue à David et se sentait rassuré quant au choix adopté. Il savait sa

Nora très mature pour son jeune âge. Elle avait choisi ce jeune homme, il lui accordait sa confiance sans limite.
Les adieux furent déchirants. Les larmes inondaient le sol aride. Les vacances prenaient fins. Les étreintes n'en finissaient pas. David patientait au volant du fourgon. Le moteur tournait au ralenti depuis de nombreuses minutes. Le doyen et les frères rentrèrent dans la maison familiale, exhortant mère et belle-sœur à les suivre. Fatima rejoignait la camionnette. Nora était blottit dans les bras de sa mère qui lui murmurait à l'oreille.

La benjamine était devenue femme.

23

La petite balle blanche faisait face au trou. Trois mètres la séparaient de l'orifice salvateur qui s'amenuisait à mesure qu'on l'auscultait. L'oxygène s'inhalait par micro bouffée. La clameur de la foule s'était estompée. Quelques murmures isolés émergeaient. L'affluence semblait figée. La tribune d'honneur était bondé. La dague en or promise au vainqueur du trophée Hassan II poireautait sur l'estrade, en attendant son nouveau maitre. La foule s'était massée sur le dernier trou du parcours, le dernier jour du tournoi. Les caméras immortalisaient l'évènement.
David plaça sa main sur l'épaule de son fils, l'invitant avec compassion a dégainé. Jeremy releva la tête et aperçu au premier rang des spectateurs, sa femme et sa mère enlacée. Le monde était suspendue au putt à venir.
Jeremy se positionna, effectua sa routine, installa son club derrière la petite balle alvéolée, inspira comme pour

emprisonner le maximum d'air avant une longue plongée. Soudainement, il se senti aspiré par un tourbillon rétrospectif...

Le smartphone vibrait au creux de la poche du pantalon de Jeremy.

- « Ou es-tu ? » demanda David à son fils.
- « Je suis avec le greenkeeper sur le dix-sept » répondit-il.
- « Mais on t'attend pour rentrer depuis un quart d'heure ! Qu'est-ce que tu fais avec le greenkeeper ? » questionna le père.
- « Je cherche à comprendre le gazon. Je veux tout savoir le concernant. Comment il pousse, comment il vit, pourquoi il s'oriente. Tout ! » rétorqua le jeune homme.
- « Oh ! C'est intéressant comme approche mais tu pourrais le faire en journée, on a une famille, tu es au courant ! » conclu David.

Jeremy se raidit.
Nora patientait à la sortie de sa fac depuis de longues minutes.
Le greenkeeper démarra la voiturette en trombe et ramena le jeune homme sur le parking du club house. David râlait. Mus se marrait.
Nora était assise sur un banc près de son université proche de l'avenue Mohamed V et discutait avec une de ses amies qui

patientait également. Jeremy bondit à peine le véhicule stoppé pour ouvrir la porte latérale et inviter son épouse à s'installer.

Depuis le retour du moyen atlas, la vie s'était organisée autour de deux axes principaux. La journée était dévolue aux études, aussi bien pour Nora que pour Jeremy, la soirée et la nuit à l'osmose entre eux.
Nora avait insisté sur ses fractions de vie nécessaires à l'épanouissement de chacun. Le boulot restait au boulot !
Aucune nuisance ne pouvait altérer leur romance basée sur un amour sincère.
Le compartimentage intensifiait les journées. Jeremy s'imbibait de sentiments métaphysiques. La technique, le sensitif, le matériel, le milieu naturel furent examinés et disséqués pour être assimilés et utilisés à bon escient. Chaque fragment décortiqué venait reprendre place dans le grand schéma du swing authentique.
Jeremy se sentait investi d'une mission. Il pensait avoir été choisi par dieu pour une tâche dont il ignorait encore le contenu. Alors, il s'était préparé pour l'étape Pro Golf Tour à Mohammedia.
Lors de l'inscription, pour donner suite à l'invitation des organisateurs, les arbitres lui demandèrent un courrier de renoncement aux prix en argent conformément à son statut amateur.
A contrario, il indiquait son intention de passer professionnel.
Il y avait une symbiose inexplicable entre le parcours d'Anfa et Jeremy.

Seul un norvégien très expérimenté, fit mieux sur l'ensemble du tournoi.
La seconde place acquise de haute lutte lui permit d'encaisser un chèque de trois mille euros qui entérina son nouveau statut.
Cela lui permit également par son classement au ranking d'être invité sur l'ensemble des tournois faisant étape sur le sol marocain.
Il enchaina donc par l'open de l'Océan à Agadir trois semaines plus tard avec un top cinq agrémenté d'un joli chèque, puis Tazegzout proche de la petite station balnéaire de Taghazout où les alizées berçaient les fairways sans discontinuer avant de clôturer par l'open de Michlifen près d'Ifrane, dans les montagnes, où il passa le cut sur et prenait une place d'honneur.
Après quatre tournois sur le circuit de la troisième division professionnelle européenne, il pointait en vingt-cinquième position au ranking.
Fort de cette nouvelle notoriété, il reçut une première invitation venant de France pour disputer un tournoi du challenge tour, seconde division européenne, sur le spectaculaire golf du Vaudreuil.

La compétition programmée en Juillet permit à Nora de découvrir le pays de son époux. Les yeux émerveillés, elle découvrait Paris et ses lumières, guidée par son chevalier. De longues balades sur les quais de Seine, des visites d'innombrables monuments et les déambulations dans les petites rues de quartier diversifiées la comblait. Assise sur les marches de l'escalier menant à la basilique du sacré cœur, elle enlaçait son homme en observant l'horizon à la nuit tombante.

Jeremy ratait le cut d'un rien, cette semaine-là, après un premier tour complètement raté en quatre-vingt.
Un journaliste l'interviewait à l'issue du second tour. Son soixante-quatre, meilleure performance de la compétition tranchait avec son score de la veille. Le rédacteur approfondissait, étonné par l'histoire du jeune prodige. Avec une seule reconnaissance, le jeune joueur avait mésestimé la difficulté à laquelle il s'était confronté. Il se promettait de ne plus rééditer cette erreur éducatrice !
Les vacances se poursuivirent deux semaines de plus dans l'hexagone. Karine offrait son hospitalité avec enchantement. Le couple en profita.

Après l'intermède Français, Nora rentrait seule à Ouaouizerth comme de coutume où sa famille l'attendait impatiemment. Jeremy se recentrait sur son sport et enchainait les séances de practice. Inscrit à l'open de San Pöelten en Autriche sur son circuit d'attache, il obtint une troisième place à l'issu de trois tours âprement disputés. Le combat s'intensifiait. Jeremy prenait pleine mesure de la tâche qui allait être la sienne.

Un mois durant, quatorze heures par jour, sept jours sur sept, il s'astreignait à enchainer ses gammes et à parfaire ses sensations. A ce travail technique laborieux, il adjoignait de terribles séances de gainage et de musculation.
Invité à disputer, le Hoops open de Provence, début septembre, comptant pour le challenge tour, il parvint à se hisser en quinzième position après quatre tours. Le travail semblait porter ses fruits.

Le mois suivant, il partageait la tête d'affiche avec les meilleurs joueurs marocains sur le Lalla Aïcha challenge tour. La compétition se déroulait sur le parcours bleu.
Jeremy y était né !
Il en connaissait les moindres recoins, les moindres rebonds. Cela n'avait pas que des avantages car il se savait attendu. Nora intensifiait les séances de relaxation. Il y avait beaucoup de communication entre eux.

Les joueurs du challenge tour étaient bien plus expérimentés que ceux du pro golf tour. Certains faisaient le yoyo entre l'european tour et ce circuit, certains était d'ancien vainqueur de grands tournois européen mais sortait d'une saison ratée, d'autres avait été de grands champions amateurs. Jeremy, avec ses dix-huit mois de pratique derrière lui, était l'outsider, le rookie sorti de nulle part. Dans sa manche, son père faisait office d'as de trèfle !

Il entama son tournoi en compagnie de deux joueurs classé cinquantième et soixante-septième au ranking. Au premier jour, il rendit une carte de soixante-huit soit quatre coups sous le par qui lança son tournoi. Il enchainait avec un soixante-dix qui le plaçait en sixième position au classement général après deux tours. Le Moving Day le fit légèrement reculer après qu'il ait réédité sa carte de la veille. Avec quatre coups de retard, il entama la dernière journée tambour battant. David restait muet durant quatre heures à observer le fils prodige réaliser l'impensable. Pas question de lui porter le mauvais œil en interrompant la stratégie pensait-il. Jeremy ne desserra pas les

dents également, porté par une fougue et un fighting spirit éblouissant.
Au recording, il annonçait soixante-quatre soit huit sous le par pour la journée. Son nom s'affichait sur le haut des leaderboards. Les collègues marocains lui tapaient dans les mains, autant que le personnel qu'il croisait. Un responsable de la fédération marocaine le prit dans ses bras. David relativisait. Le leader de la veille accusait un coup de retard avec trois trous à jouer. Les suivants ne se trouvaient plus à portée.
Jeremy se rendit au restaurant où il retrouvait Nora qui le félicitait. Tous semblaient certains de l'issue victorieuse. Jeremy masquait ses émotions et indiquait à qui voulait l'entendre que cela était entre les mains de dieu. Le suivant direct fit un bogey sur son seizième trou portant son déficit à deux coups avec deux trous à jouer. Les murmures du personnel arrivaient aux oreilles de Jeremy comme amplifiés. Avec un birdie au dix-sept, le poursuivant revenait au contact de Jeremy. David, sentait le stress commencer à étreindre son garçon malgré la présence de Nora.

- « Allez, on va au practice. Il faut se préparer en cas de play-offs ! » dit le père protecteur.
- « Tu as raison. Nora vient avec nous » répondit Jeremy.

Il se dirigeait vers le practice quand Mus les rattrapa. Le challenger venait de rater son drive et devait se replacer en second coup. Les battements de cœur s'intensifiant dans les trois poitrines.

- « Alors, on fait quoi ? » demanda Jeremy.

Mus repartit en courant vers le green du dix-huit.

- « Reste avec Nora. Je n'en peux plus, faut que j'aille voir ! » dit David, ulcéré.

Nora s'approcha de son mari qu'elle enlaçait. Ensemble, il respirait avec précision. Les joues collées, ils cherchaient l'apaisement. Après quelques instants, ils reprirent le chemin du practice.

Un officiel arriva en voiturette. Le poursuivant venait de frapper son troisième coup et la balle arrivait sur le green. Au mieux allait-il faire par !
Instantanément, la tête du jeune homme s'effondra le long du cou comme si les vertèbres cervicales avaient lâché. Des larmes s'écoulaient des yeux du vainqueur. La pression retombait comme un soufflet raté. Nora le remotivait les prunelles rougies.

- « C'est toi le champion mon mari, c'est toi » assenait-elle.

David et Mus revenaient en courant les bras levés vers le ciel. Ils se marraient du tour joué par leur jeune apprenti. Mus attrapa le sac du champion et tout le petit monde reprit le chemin vers le club-house pour la célébration.
La victoire rapportait trente-deux mille euros au vainqueur, une exemption pour deux ans sur le challenge tour et une invitation

pour le prochain trophée Hassan II comptant pour le tour européen.

Le tourbillon s'invita à nouveau.
La lumière se ralluma.

La petite balle alvéolée était restée immobile, prête à accomplir son destin.
Jeremy se sentait grand et fier devant la balle. Il faisait corps avec la nature. Le putter n'était que le prolongement de ses bras. La foule avait disparu. Tout n'était que quiétude et sérénité. La face du club amorçait sa descente.

Le contact ferreux d'une légèreté infinie propulsa la petite balle qui roulait paisiblement sans sursaut.
Jeremy fixa son regard sur celui de Nora qui souriait.

La balle disparue.
Le public exultait.

L'amour venait de remporter sa plus belle victoire.

Auto-Editions Benoit DELARETTE
48, allée Edouard Manet
01 000 Bourg-en-Bresse
Dépôt légal : DECEMBRE 2020

Printed in Great Britain
by Amazon